JN138331

三木卓　単行本未収録作品集

ヌートリア

三木卓 著

小谷野敦 編

田畑書店

三木卓　単行本未収録作品集　ヌートリア◎目　次

文芸誌「そして」に連載されたエッセイ

三木卓　単行本未収録作品集

ヌートリア

ヌートリア

朝、娘がいった。

「あたし、実はあんたの娘じゃない」

その目は、ひかっている。さぐるような気配である。またおもしろがってそんなことをいっていると思うが、今はおもしろがっているときなのか。

「気がついていた？　いない？」

すぐには返事ができない。またひっかけている。そんなこと、あるわけがない、とまず思った。が、ありそうになくて、実はあるということもないわけではない、とどこかで思う。

なにしろ、わたしには家をあけている時間がある。亡妻は一人でいることを好んでいた。あちこち旅をしていた。いままでに足をふみ入れたことのない県はない。旅をしているあいだ、妻の存在はすっかり忘れてしまっていて、遊園地のベンチに腰かけてカツサンドを食べたり、海豚の芸を指揮する少女のみごとな手捌きを見たり、駅前の浮浪者に「百円めぐんでおくれよう」と乞われたりしていた。頭の片隅では、坐机の前に端正にすわって書きものをしている妻の像が、たまに明滅することがないではなかったけれども、それはいつも同じかたちで一切動いたりはしなかった。

家庭は平和な雰囲気をたたえていつもあった。しかしわたしはいつも多忙で、いつもちがうところに、ちがう人々といっしょにいたのである。あちこちの酒場の、のれんをくぐった。酒蔵で利き酒をした。裸でおどっている混血の女に息をふきかけられた。みごとにはりきっている馬の尻にもさわった。わたしはそれらの場につねにはまりこんでいた。

「気がついていなかった、とまではいえないような気がする」

わたしはようやくそういった。

「なにしろ、長い時間がたっているからね。うちの奥さんとの生活は穴だらけだから、なにかあってもそういうものかもしれない、という気がする。しかし、あの人にそんなことがあったとは思いにくいなあ」

「そうでしょ。思いにくいでしょ」

娘はあかるい声をはずませながらいった。

「ところがあったんですよ。そのはなし、聞きたいでしょ?」

「聞きたいけれど、聞きたくない」

わたしは、持病の偏頭痛がおこりそうな気がして額に手をあてた。今亡妻のことを思い出したいという気分ではなかった。

娘は陽気な調子をつづけた。

「そうでしょうね。でもね、真実は直視しなければならないのだ」

「いやにからむね」

「それは気の毒でございますけれど、あなたも、もうそうは生きていないだろうし、わたしもこのことをそのままにしておくわけにはいきません」

「………」

「わたしの父さんは、今、京都に住んでいます。加茂川のほとり暮していますが、一人暮しだそうです。最近そのことがわかった。こどもは他にもいるのかどうかはわからない。毎晩コップ酒を呑むだけが楽しみ、といっています」

「そんなはなし、どうしてわかった」

「昔、かあさんが口をすべらせて、へんなことといったことがあった。でもかあさんは、それ以上はいわなかった。あなたに知れたら、あなた追い出すでしょうから」

そして、あはは、とわらった。

「深刻な顔しているわね」

「あんたが、藪から棒に妙なことといいだしたから、いままでの夫婦としての生活のことを考えていたのさ」

「あれは一九六三年の暮もおしつまったある日のことでした。まだ新幹線がなかったからね。無賃乗車で特急〈つばめ〉にのって父さんは、上京した。そして一直線に母さんのところへ来て地下足袋のままあがりこんだの」

「……」

「もちろんあなたはいない。かれはまっすぐはいって来て、母を襲ったの……」

「どうしてそんなことになったんだ」

「わからないけれど、そうなんです」

「……」

「そんな深刻な顔をしないでよ。これはジョークなんだから」

「ジョーク？」

「というか、このごろ、わたしは、そうして生まれた、という気持が、しだいに強くなっている。わたしは、あいつがそうやって作った子なんだって」

「……」

「そう、ジョークよ、それは。わたしはそう思いたくなっているだけで、母さんは、そんなことはするわけがありません。あの人は毎日机の前にすわって、本を読んだり詩を書いていただけ。だから母さんはもちろん、潔いあなたの妻ですから、安心して下さい。わるい冗談いってごめんなさい」

「いや、母さんがそんなことするわけがないことはわかっている。だが、そのいい方は、棺桶に片足をつっこんでいる父親をからかうものだぞ」

「それはわるかった。ごめんなさい。そんなこわい目で見ないでよ」

「変なことというだすからだよ」

「ただねえ」

娘はいった。

「あなたのことは別にして、なぜか自分がまともな人間じゃない、と考えるようになった。わたしは自分が鼠になっていて、チョロチョロ走りまわっている、と思うと、とてもおちつくの。たとえば、米倉に入って、どっさりお米が入っているのを見て、〈これはぜんぶわたしのものよ〉と思ったりすると、ぞくぞくうれしくなってしまう」

「そんなうまくいくかい」

わたしは、呆れていった。

「弥生時代の高床式の米倉には〈鼠返し〉がついているんだよ」

「そういう想像もある」

娘はうなずいていった。

「〈鼠返し〉にコン、と頭があたって下へおっこちる姿も想像するの。人さまのものをとるのは楽しいけど、失敗があるから余計たのしいんだわ」

「おろか者が」

「笑えばいいじゃん。わたし、ますます鼠の気分なんだ」

「……」

「だから、あなたはわたしの父さんじゃない。父は鼠ですから」

「おれは、鼠じゃない」

「ながながお世話になりました。これからもよろしくおねがいします」

「それはしょうがないが、そのあなたの父ちゃんは、生きているのか」

「生きていて、毎日〈ワンカップ大関〉を飲んでいる」

「〈ワンカップ大関〉だって?」

「両手でかかえて、とても可愛いのみっぷりよ」

「酒呑みなんだ」

「〈湘南ほまれ〉を送ってくれ、という要求が来ている。かれ、孤独なんだわ」

「そいつは、どこにいる」

「もういった。かれは京都の加茂川のほとりで暮しています」

「川のほとり」

「土手に穴あけるのが趣味なの」

「穴あける?」

「父は、ヌートリアなの」

娘はつつましい態度でいった。

「ヌートリアは南米の巨大鼠なの。土手に穴をあけて崩すのが趣味なんだわ」

「へんなやつだ」

「みにくい動物よ」

娘はいい捨てた。わたしは言葉の接ぎ穂を失った。しばらくしていった。

「南米産がなんで、京都にいる」

「よく聞いてくれました」

娘は平常心にもどっていった。

「ヌートリアは、戦時中に養殖されたの。特攻隊の防寒服の襟に、その毛皮を使ったのね。だから鼠だけれど、当時は〈沼狸(しょうり)〉と呼ばれたの。〈勝利〉にかけたのね。でも戦争に負けたので、かれらは西日本一帯に捨てられたの」

「あの飛行服の襟はヌートリアの毛皮だったんだ」

「そうよ。捨てられたから、いまもたくさん野生になっているの」

「そりゃ、そういうことになる」

「野生でふえているの。人間はもう相手にしない」

「あんたは、そのヌートリアの娘なんだ」

「うん」娘は素直にうなずいた。「このあいだ父ちゃんから電話がかかってきた。おれはおまえの、ほんとうのお父さんだよって」

「電話番号知っていたんだ」

「わたしの預金額だって、知っていたわよ。〈五十六万、信金にあずけてある、という、けっこうな話じゃねえか〉って」

「そこまで調べている」

「アパートの敷金になるって。父は、京都の暖房つきのアパートに住みたがっているの」

「ほう。南米だからか」

　わたしは笑った。

「がっかりしているみたいね」

「あなたの空想力におどろいているだけだ」

「その父が恋しい、というわけじゃないのよ。血がつながっているから、こまるだけ」

「まあ面倒見てやったら」

「見なくても、かってに生きていくわよ。あの人」

　腕時計がこわれている。

　気がつかないところで、ぶっつけてしまった。ガラスがとんでいってしまい、針は長短秒針のすべてがなくなっている。

凝視していると、今まで生きてきた自分が、ふいにどこにもいなくなってしまったような気がしてくる。時はもう、おれにはなくたっていいんだ。

そもそも時なんて、生きものとしての自分にはたよりないものでしかなかった。生まれて、働らいて老化して死。時計は針がとんでいて、いまはどのような時も指すことができない、しかし内部ではひそかにうごいている。わざとらしいやつ。

時計から視線を外す。

とたん、激痛が走る。左の肩から首のうら側にかけてがとくに痛む。

そうだった。痛みどめのロキソニンを、とくにたのんで出してもらったのだった。

これはよく効く。だから、痛みはこの程度にとどまっている。

遠くで電車のひびき。電車は藤沢から東京へむかっている。夜あけである。

そうだった。ここは自宅である。

昨晩は、おそってきた肩の痛みがあった。

おぼえのある痛みだったので、もうおそい時間だったが、救急車で病院に行ったのだった。

おぼえのある痛み。それは冠動脈の回旋枝にステントを入れたときに覚えのあるものだった。

救急車はすぐ来た。

病院にころげこんだ。救急外来には、もう幾度も来ている。

「どうしたんですか」

「背中が痛いんです。肩の裏側」

「………」

「ずっと昔、冠動脈のバイパスの手術をしたことがあります。それから十二年後に今度は回旋枝がつまって、この病院でステントを入れてもらいました。それからも十年以上になります。そのステントのときと似ている」

「ほう」

「再発かと思って」

「なるほど」

医師の眼が細くなった。それから検査がはじまった。医師がやって来て、いった。

「そうじゃないみたいですよ」

「はあ」

「レントゲンを撮ったでしょう。ここにはっきりうつっているのは、これは肋骨の骨折だね。しかも合計三か所。三か所なんて異常というよりない」

「骨折ですか」

「何をしたんです。こんなの、まずありませんよ」

「べつに、ベッドに寝ていただけです」

「おぼえがないの？」

そんな大ごとになるような動作をしただろうか。ふつうにふるまっていた。

「では、心臓ではない」

「考えられないね。これ、とても痛いでしょう。痛み止め出します」

「それ、たのみます」

病床のつるつるの床に尻餅をついて、左の大腿骨を折ったことはある。数年前のことだ。あれは相当な打撃だったし、左は幼少のころ、ひどく痛んだ弱い足だ。だからしかたのないことだった。

いつはかっても、骨密度は「しっかりしていますよ」といってもらえた。だから骨を意識することはなかった。

「何かしでかしている」

医師はいった。

「こんなことが、ふつうにしていて起るもんじゃない」

「ふつうにしていたんです」

「じゃあ、精密検査をする必要がある。いくら年をとっているからって、ふつうにしていてこんなこと起るもんじゃない」

「ぼくは呑気にしていた、だけなんだ」

「生活の仕方にも問題がある。気をつけて行動するように。乱暴してたらどうなるかわからないよ。これ自体は、一ヶ月もおとなしくしていれば、よくなるはずだが、あんた、まだ自分が若いと思って行動しているんじゃないの。自分で身を守る。それしかないんだよ」

「でも、骨密度はいいんです」

「今のところ折れた骨が突き出したり、内臓を傷つけたりはしていない。だから安静にしている。じゃ、気をつけてお帰り下さい」

「入院しなくていいんですか」

「入院はいらんね」

医師はいった。

「寝ていれば直る。だったら、どこに寝ていても同じだ。家なら金もかからないよ」

骨がくっつくのは、身体の力で、医学は待っているしかないということらしい。

時計を見た。夜の十一時をまわっていた。入院になると思いこんでいたので帰り道のことは頭になかった。

そもそもわたしは、歩行器なしには歩けないのである。

介護タクシー。来てくれるか。娘は電話に走った。来てくれる。

介助をうけながら、自宅へ。ベッドに横になると、すぐにロキソニンを飲む。それから少しねむった。

天井を見ている。夜明けのあかるみのなかに在る。

そのまま、からだを動かしたくない、と思う。動かすと胸や背が痛むからなのだが、なぜか動かしたくないからこのままの姿勢でいる、と思っている。

心臓ではなかった。だから今、ここにいられる。それをよろこべ。

窓の外で、小鳥が啼いている。また電車が大船から熱海にむかって走っているのが、とどろく。

「おーい」

娘を呼ぶ。

たちまち足音が近づいてくる。

「おめざめ。どう？　やっぱり痛む」

「痛てえさ。でも心臓じゃなかった。今度来やがったら、もっていかれると覚悟していた。だから、たかが肋骨さ」

「といったって、ボキボキに折れているんでしょう」

「だからといって死にやしねえよ。ちょっと歩行器をとってくれ。オシッコに行きたい」

「乱暴しちゃだめよ」

「オシッコに行く」

「行ける？」

「行くんだ」

おもわずうめく。しかし力を入れるとからだは浮きあがって来た。加減しながらそおっと進む。お、進んでいけるぞ。鎮痛剤、すまねえ、ありがと。

ふるえながらトイレに入る。始末してもどってくる。

「へそまがり。がんばりすぎよ」

「じきに、がんばらなくてもよくなる」

肩で息をする。また痛い。

ばったり、ベッドの上にのびる。

「あれ」

娘が、だらっとしているわたしの手を見ていう。

「この人差指、まがっているよ」

「どら」

わたしも見る。指先が中指にむかって不自然にまがっている。

「この指、いろいろ使ったからなあ。ほんとうだ」

「痛い?」

「いや」

右手で左指の曲がりを直す。すぐ直る。

「いかれているなあ。ほうっておけば、おそらくまたまがったままにもどる」

「へんなの」

「あんたのお父ちゃんは、穴をほっているんだろ。おれのかよわくなった指なんかより、丈夫な手してるんだろうな」

「あの人は、とても丈夫。どこまでだって穴を掘る」

娘は、うれしそうにいう。

「加茂川だって上手に泳ぐの。まあヌートリアにしてはわるいだし」

「わるいなのか」

「だから生きていられるんじゃない」

「なるほど」

「今年の梅雨どきに豪雨が続いたことがあったでしょう。あのとき加茂川も水位があがって、父ちゃんの穴はあわれ水の下よ。激流だったもの、父ちゃんも流された。加茂川から桂川とおって淀川へ出て、大阪湾で吐きだされたの」

「生きのびたのか」

「翌日、あの人電車に乗って帰ってきた」

娘は平然といった。

「すぐ地まわりはじめたの」

「そうか」

「そうよ」

「あんたの父ちゃんだ。もういい年だろう」

「わたしよりは年上。それはたしか」

それから、まじめな顔になっていった。

「わるだからね。あなたより長生きしようとしている。一分でも一秒でも長生きしたいって」

「どうして」

「娘をとりもどそうとしているの」

「そんなに大事に思っているのか」

「ほら、わたしの預金があるでしょう。信金に五十六万とか」

「預金」

「あいつ、化繊の毛布がほしいんだ。九九九円のペラペラのやつ。それ、送れって。それと琵琶湖の競艇に行く資金」

「あ、博打好きなんだ」

「博打だったら何でもこいよ。けっこうもうけているみたい。すぐつかっちゃうからいつもスッテンテンという評判。女にも使うらしい」

「娘に簪(かんざし)ぐらい買ってくれるか」

「そんなことしたら、ツキがおちるって。悪事にだけ使わなくちゃならないって。都合のいいこといっている」

からだの気配をさぐる。胸郭が脆ろくなっているのは、本当らしい。そのように思われて来た。


今はまだ内部の臓器を守ろうという意志を放棄していないが、そうは保つまい。

胸郭は呼吸するたびにうごいている。骨折したところも、それとともに動いている。

あ。あのときがいけなかったか。

天然水のはいったペットボトル。

ねころんだ姿勢で、本を読んでいた。ふと水が飲みたくなった。

そのままの姿勢で、ペットボトルを右手で持ちあげ、からだの上で左手にうつした。

左手のボトルは、そこのテーブルの上におかれた。

からだの上空をペットボトルがわたっていった。

そのとき、ピシッという音を感じた。ボトルは、着地点であるテーブルの上におかれることが出来た。

どこにも痛みはなかった。

わずか2キログラムのペットボトル。

そのことは忘れてしまっていたが、胸の痛みは、その翌日から出て来たのではなかったか。

それとは近い別の日、探しものをしたことがあった。

すぐものがなくなるのが、わたしの日常である。

次から次へと新しいものがあらわれる。今日新しかったものが、翌日は古顔になる。

新しい物は押すものである。いつも目の前にあるのは新しいものだ。

古いもの。古いものはどこへ行った?

古いといったって、不要になって捨てればいいものではない。「あ、あれはどこだっけ」と身のまわりを探す。「あれがないと、とんでもない不義理をする。あれはどこだ」

探す。ここにあったはずなんだが……

ない。

ものには流れがある。新しいものに押されて、ベッドの下へ流れこむ。ベッドの下は、さまざまなものにあふれている。行く川の水は、もとの水にあらず。

ベッドの下の淀みを探査しなければならない。

ペン・ライトをともして、ベッドの上に腹ばいになり、ベッドの下へ首をつっこむ。

どこだ、どこだ。あ、あれか。あの姿かたちがあやしい。

さらに首をつっこむ。必然的にベッドに胸を強く押しつける。ピシッ。

とは、聞いたおぼえはないが、そういう瞬間を、胸郭の負担という視点から見直すと、今はとてもおそろしい。

幾度も幾度もやった。

ペットボトルの時はピシッ、といった。そのとき痛みはなかった。

もしかすると、ベッド下の探査のときに、やっていたのかもしれない。

その時に痛みはないのが、わたしの胸郭の骨折ではふつうなのかもしれない。

痛みはあらわれると、だんだん強くなり、最強の日々はロキソニンを使わなければならない。

しかし骨折の瞬間には、なんの痛みもないらしい。

そうだ。そうにちがいない。三度にわたる骨折は、そう考えるとわかる。

わたしは、ベッドの上でしばらく硬くなってちぢんでいた。

つまり、わたしの骨は、そういう段階に到達している。


右足の膝が痛たむ。さわってみると腫れている。水がたまっているらしい。

コンクリートの階段をあがって、一階上にあるエレベーターに乗らないと外へ出られない。

無理して階段をのぼった。その反動がでているらしい。

そのような日、木枯し一号が吹いた。

「おーい」

わたしは娘を呼んだ。

「早明ラグビー、たしか十二月一週だったよな」

「テレビ、見るでしょ」

「見る、見る」

「今年は明治が勝つぞ」

「フォワード、強いからな」

「骨と骨のぶつかりあい」

「いったな」

「いったよ」

　わたしは苦笑いした。

「痛てえ。こたえたよ」

「まだ修行が足りない」

　娘はわらっていった。

「もっと修業しなければだめだよ。青二才」

「はい。前途洋々です」

「これ。あなたが好きなフランスパン。それからチーズ。買って来た」

「すまん」

「もっと元気出しなさい」

娘は、いった。

「うちの父ちゃんは、元気がいいよ。ヌートリアというものは自己反省しないからね。ちょっとやそっとのことではへこたれない。あなたも父ちゃんを見ならうといい」

「とてもとても無理です」

「うちの父ちゃんは、毎日、スポーツ新聞を拾いあつめているの。週刊誌もね。まとめて日銭を稼ぐんだって。いっしょうけんめいやって、〈ワンカップ大関〉を一つ買って呑んで寝るの。夜は土手の穴をひろげて、奥へ奥へとのばしている。だんだん深くなっている」

「なんで穴をほっている」

「さあ。多分、ヌートリアの本能なんじゃないかしら。毎日少しずつ深くなっている」

「何か、盗品でもしまうのか」

「ヌートリアだから、やってるんでしょ。そういう動物なの」

娘は声音を変えていった。

「でも、なかなかなのよ。父さんはね、わたしの養父、つまりステップ・ファーザーであるあなたのことを気にしている」

「え。そりゃまた、どうして」

「ステップのやろうは、まだくたばらないのか。もうじきか、といって泣いているの」

「そういわれても困る」

「そうでしょう。そうよね。でもヌートリアだって生甲斐がほしいんじゃない」

「おれは、あんたのお父さんには、プラスの感情はまったくないよ」

「わたしをとられたって思っているんじゃないかしら」

「それは変だな」

「そうよね。父親らしいことはわたし、何一つしてもらっていない」

「ヌートリアだからな。自分勝手なんだよ」

へんなやつ。わたしのことをとやかくいいながら泣いているなんて。そんな動物が、わたしの娘の頭脳のなかで生きている。

娘は妄想が大好きな女だから、そういうやつをのさばらせているのだ。

わたしは、しばらくあくびをしたり、さかだちをしたり、のびをしたりして、むなしい時をすごしている一匹の大きな鼠のイメージを思いうかべて楽しんでいたが、しばらくすると、プロ野球のオフ・シーズンの選手の帰趨のことに心をうばわれ、やがてねむってしまった。

目覚めたときには、火災保険の再契約の締切りが近づいていることに気づいた。こういうことはきちんとやらなければいけない。書類に書きこむ。

高い声の女から電話がかかってきた。

「荷物は明日、先方にとどけるメドが立ちました。ついては、料金を払って下さい」

「ああ、やっとそうなりましたか。で、おいくらです」

「五万円です。税金が載りますので、五万四千円です」
「はあ」
「規定により、おとどけする前に支払っていただくことになっています」
「え。請求も今うかがったばかりなのに、どうやって支払うんです」
「規定ですので」
「今すぐ送金しても、それまでに着くかどうかわからない。第一それはあまりに無茶じゃありませんか。配送先まで、ぼくが出かけていって、現金でわたせ、ということになるじゃありませんか」

倉庫にあずけてあるものを、他処へはこんでほしいと、倉庫会社に依頼した。これから倉敷料が入らなくなるという段階になって、先にものごとが進まなくなった。身のまわりの整理の一環だが、理解できない相手だった。

押し問答の結果、配達をさらに一週間遅らせ、その間に料金を支払うことになった。

くたくたになって、横になる。世の中のあらっぽい連中に合わせるのは大変だ。天井の縞目を眺める。安っぽい、印刷した天井板の縞目。なじみのもので、いわば親しんだ友人のような縞目。

「どう？　まだ生きている？」

娘が顔をのぞきこんでいる。

「生きているよ。そんなに盛大じゃないけれどな」

「うまいもの買ってきたよ。ツブ貝の刺身とカツオのたたき」

「あ、カツオ、あったか」

「どかっと、半身だよ」

日暮れが近づいている。どっと流れこんでくる寒気。

「あのねえ」

娘がいう。

「父ちゃんは、その後もずっとがんばって穴を掘っていましたが、この真冬の寒さでしょう。京都はとても寒い。今朝方の冷えで、加茂川のほとりにすわっていたら、凍った」

「凍った?」

「みごとに凍結しちゃった。コチーン、となっているから、春が来て、川べりに桜が咲きそろうまで、そのままよ」

「ふーん」

「だから、もう泣くこともできないの」

「それは、なんといったらいいのか。あんた行ってやらなくていいのか」

「勝手に凍っていればいいの」

「それもそうだな」

わたしはいった。

「穴はどうなっている」

「そのままよ」

娘はいった。

「このあいだ話したころから、また深くなっている。あの人、どこへいくつもりだったのかしら」

来訪したもの

夕方、隙間から赤い光がもれている。

カーテンを左右にひく。空はオレンジで輝いている。

地平線に沿って光は、ここからは見えない背中の方にまでまわっている。

秋の日没である。

灰色の雲塊が地平すれすれにあって、その裂目からも光が放射している。あの中に日没寸前の太陽は、まだいるのかしら。

カーテンをしめる。

今朝の新聞を見る。二人の棋士が、「角換り腰かけ銀」でたたかっている。わたしは素人だから、後半の乱戦にならないと、面白さがわからない。

今朝はまだ序盤戦なので、たちまち興味を失う。

冷えきったお茶の残りをぐいと呑んでしまう。

玄関のドアが鳴った。娘が帰ってきたかな、と思う。

しかし、物を曳きずるような音がする。娘もよく大きな鞄をかかえているが、その音とはちがう。

なんだ。

立ち上る。大きな黒いものが近づいてきた。

それは濡れたレインコートの塊のようなものである。未知のものだと直感した。

「だれだ。きみは」

返事はない。そのものはどんどん近づいてきた。ものをひきずった床は濡れている。顔らしきものは円い黒眼鏡をはりつくようにつけているので、どういうものなのかわからない。おどろいていると、すぐ真近に近づいた。

そこから殺意とか怒りというものを感じることはなかった。もう、そのものはわたしの脇のソファにすわっている。

「あなたはどういうものですか」

わたしは、いった。

「ソファがどろだらけになってしまったじゃありませんか」

「いや、これは失礼した」

おちついた声で、頭をさげながらいった。

「本来あたしは汚れっぽいんですね。だからこんな立派なソファは久しぶりなんです。まあ、あとでお嬢さんにきれいにしてもらいましょう」

「お嬢さんて、うちの娘のことかね。あまり簡単にそういうことといってほしいとは思わないが」

するとそのものはうつむいて、肩をゆらした。どうも笑っているように見えた。

「おや、笑いましたね」

そのものは、うんとうなずいた。

「だってそうでしょう。あたしは、そもそもあなたなんかに会いに来たわけではないんだ。あなたなんてどうでもいいんです。だって……」

そのものは、じっとわたしをみつめてことばをついだ。

「あたしは、あなたの娘に会いに来たんですから」

「娘はあなたなんか知りませんよ」

「おや、おや。そんなことといっていていいんですか。まさかそんなことはないと思っていたが。娘さんが話しているとばかり思っていたんで」

からかわれている。わたしはそう思うと、どなった。

「なにいっているんだ。そもそもかってにわたしの家にどろだらけであがってくるなんて失敬きわまる。きみはだれだ」

「これは失礼した」

そのものはいった。

「そもそも以前にもここへ来たことがあったんでね。なつかしかった」

「わたしは、あなたを招き入れたことなんかない」

「そりゃそうでしょう。そもそもあなたがいないときを見計らってのことですから」

「あんたはいったい、だれなんだ。名乗りなさい」

「あたしはヌートリアです」

そのものはゆっくり言葉を区切りながらいった。

「ご存知でしょう。そういうものが西日本に沢山棲んでいるってことは。まああたしは上流の方なんで京都ですけれど。賀茂川の土手に穴をあけて暮らしている」

ほう、では、かれは人間ではないのだ。それでレインコートをかぶっている。しかし日本語を話し、今、テーブルの上に置かれていたわたしの煙草に手をのばして一服深々と吸いこんでいる。

「ヌートリアだなんて、ふざけるんじゃない。あんたはたしかに泥だらけで無礼だから、人間にきまっている。そんないいかげんなことをいうな」

「いいかげんではない」

そのものは冷静な声でいった。

「あたしは、ヌートリアです。嘘だ、というなら、娘さんに聞いてごらんなさい。彼女は必ず、うんといいますよ」

「そんな見え透いたことをいうな。なにがほしくて来た。ここには金塊もダイヤモンドも、なにもないぞ。腹がへっているなら、ここにおれの小銭の入った財布がある。さっさともっていけ」

「そんな気持はない。しかしこれは変だな。本当に娘さんから何も聞いていないのかな」

不審気な声で、そのものはいった。

「本当に何も聞いていないのか。そんなことはないはずだが」

ヌートリア、ヌートリア。ヌートリアはビーバーなどと似ている齧歯類。わたしはそんなものにつきあいはない。可愛い動物ではないから動物園にもいない。

しかし、ヌートリア。娘はいつか前にいっていたような気もする。ヌートリアの出る悪夢を見た夜があったといっていなかったか。しかしそんなものの夢を彼女はどうして見ることになるのか。ここは首都圏だぞ。

「知らねえな」

「忘れているだけじゃないのか。実は思い出すのもいやで、それをはらいのけて知らん顔しているだけだろう」

「あんたみたいな気分のわるいものが、存在してここにいるということ自体、不快だな」

「不快なもの。ふん、でも、いるんだからしかたないだろう」

そのものはたじろぐことなく、まっすぐわたしを見た。おちついている。

「帰れ」

わたしは命令した。

「すぐここから出ていけ」

「今すぐか」

「そうだ。ただちにだ」

「じゃ出ていく。しかし明日、必ず来るぞ。娘さんといっしょに待っていろ」

「いけ」

「お宅の前を流れている小さな河があるだろ。あたしはそこで穴をほって今夜は寝る」

「勝手にしろ」

そのものは、濡れたレインコートをひきずりながら出ていった。


かれはいなくなった。しかし泥でまみれたソファは、のこっている。部屋は暗くて、わたしは一人で残ったお茶を茶碗に注ぎ、飲み干した。

このごろの警察は何をしているんだ。たるんでる。怪げなものがうろうろしているのに。ぶっそうじゃないか。

玄関、鍵をかけておいたように思うが、しかしあいつは、はいって来たぞ。こわれているのか。なら新しいのにつけかえなくちゃならない。

家には、おれのような老いぼれと娘しかいないんだから。高血圧だし、血糖値もおかしくなっている。鏡で面を見ると、七十二で死んだ祖父そっくりのやつがうつっている。

髪は、はるかに薄い。皮膚のしわも深い。

いつからこんなふうになった。いつお迎えが来てもいっこうにかまわんという風情。

婿をとってやるべきだった。

不意に思う。

いや、これからだって間に合わないというわけではない。あんな変なやつがズカズカ入ってくるようなご時世なんだし。

わたしは、いつからこんな面つきになったんだろう。

そもそも鏡がきらいだったということもあるな。

しかし、いつまでも鏡におのれをうつさないですむというものでもない。見たくないといっていても、年はとる。飼い犬も鳴きながら死んでいく。

春だ、秋だ、とうかれていても、新しい春や秋がまわってくる。そして一年。ほら、今年の初物のカツオだ、栗だ、ハロウィンだ、雑煮だ、豆まきだ、お彼岸だ、御入学おめでとう……。

もしかしてわたしは、すでに脳が老いはじめていて、ヌートリアなんてものの幻覚を見たのか？

また、ソファをみつめる。

あらあらしく泥でよごれている。新鮮なよごれだ。

こんなことは、まあ幻覚ではおこらないとまた思う。あのきみわるいやつは、そこにたしかに腰かけていた。

娘には婿をとってやらなければいけない。もっと早くそうするべきだった。わたしはよろよろと、杖をついて立ちあがる。手洗いである。

終って手を洗っていると、玄関が、ガタンと鳴った。

あ、鍵がかかっている。

ドアロックを外す。娘の赤くなっている鼻の頭が入って来た。

「もう外は寒そうだな」

「寒い寒い」

娘は笑いながらいう。八重歯がうすやみのなかで光っている。

「早く入れ」

「うん」

「コンサート、おもしろかったか」

「楽しかった」

娘は廊下を歩きながらいう。

「うたっている人が、もうベテランだからね。お客さんもみんな年寄りばかり。わたしもいっしょに年をとっているんだね。若い女の子なんか、まるでいなかった」

「そういうもんだよ」

「あ」

一瞬、娘の声が変る。

「なに、これ」

娘は部屋の中で立ったままうごかない。

「ソファ、何よ、これ」

一瞬、わたしは何もいえない。

「何よ、こんなべたべたの泥。父さん、あんたなにをしたの」

娘は指で、泥にさわり、そのにおいを嗅いでいる。

「この辺の泥とはちがう。いやな匂い。父さん、だれか来たんだ」

娘は、指を拭きながら、ふりかえっていう。

「だれが来た。だれ」

「たしかに来たよ」

わたしはいう。

「しかし、そいつは、わたしの知りあいではない」

「じゃだれ」

「そいつは、きみに会いたくて来たといっていた。わたしじゃない」

「わたしに？」

娘は不意をつかれたようにいう。わたしは注意ぶかく娘を見ながらいう。

「いないなら、今日は帰るけれど、明日また来るといっていた。心あたり、ある？」

「まさかあ」

おどろいた声で娘はいう。

「こんなきたない人、知っているわけないでしょう。とんでもない」

「おれもそう思うんだけどな。そいつはとてもきみと親しいような態度だった。汚れたソファはお嬢さんにきれいにしてもらえ、といっていた」

「ええ、なによ、それ！」

「いや、べつにきみにやってもらわなくていいんだ。お手つだいさんにお願いするから。それにこのソファはもう相当いかれているから、買いかえたっていい」

娘は、汚れたソファの方をふりかえっている。やがて近づいていって、人差指でさわった。匂いをたしかめるようにその指を鼻にもっていった。

わたしが、その姿をじっと見ていると、そのあいだ彼女はしばらく動かなかった。

「おい」

思わず声をかけると、はっと気づいたように視線をそらした。

「この泥。この泥」

娘はうめくようにいった。

「こんな汚い泥を見たことはない。しかしちょっと特別な匂いがひきつけるところがあって、わたしは、なんだか不安なの。嗅いでいたいわけはないのに。いやな匂いなのに、いやな匂いなのに」

「この辺の泥じゃないな。四トントラックがけとばすようにおとしていったとでもいう感じかも。玄関からずっとついているじゃないか」

「これは植物が出している匂いじゃないよ」娘はさらに匂いをかぎながらいった。

「半年ぐらいは充分お風呂に入っていない匂い、あの人の匂いだわ」

「え、あの人？」

娘はだまっている。

部屋のなかがすっかり暗くなった。あかりをつける。

彼女は、なにかを知っている。しかし、この子についてわたしの知らないことなど、あるわけもないと考える。

「父ちゃん」

声音が変っている。

「前にちょっと話したことがあったでしょう。ほら、前に見たへんな夢のはなし」

「夢？」

「わたしは、戸籍上あなたの娘ということになっているって」

「戸籍上？」

「それって、夢を見たあと、あなたに冗談めかして語ったんだ。いや、本当に変な夢だったから。父ちゃんはもう忘れちゃっているんでしょう。ほら、ヌートリアが、真冬に賀茂川べりで直立して凍結したまま、春を待っているという」

「そんなへんてこな話聞いたようでもあるが……」

「夢だからね。それも悪夢だった」

「それがどうしたんだ」

娘はだまっている。そういわれるとそんな話、聞いたことがあったかもしれない。

賀茂川べりで直立して凍結したヌートリアが春を待っている、なんて。春になると凍結は溶けて、うごきだす。なんて。

「それがどうしたっていうんだ」

「そのヌートリアが告知したの」

「告知」

「父ちゃん。その夢のこと、もっと話してもいい？　その時も冗談めかしていったんだけれど」

「いえばいいじゃないか」

「ヌートリアはいったの。お前は、あたしの子だって」

わたしは笑った。

「夢のなかで、そんなことをいったのか。変な夢だな」

「変な夢だった」

娘はいった。不意に記憶がよみがえってきた。たしかにそんな話をしたことがあった。娘がいいだしたのが、わたしがふざけていったのか、今は定かではないが、そんな会話をしたことがあった。ヌートリアは、そもそも飛行兵たちの襟になるはずだったが第二次世界大戦の残滓として捨てられたものである、という会話をしていたとき、そこから先は二人してつくりあげた綺談ではなかったか。娘は悪夢といっているが、そのときの会話が、夢のなかでよみがえったのか。

「そんな夢のこと、忘れてしまえよ」

「うん」

娘は、小さい声でいった。

わたしはいった。しかし、娘は返事をしなかった。

「忘れてしまえよ」

わたしは、湯をわかし、お茶を入れなおし娘にすすめた。娘は、音をたててお茶を啜った。それからいった。

「あのソファの泥なんだけれど」

「ああ」

「あの夢に出てきた、ヌートリアの匂いがするんだ」

「あ」

思わず声が洩れた。

「それが、よく嗅いでみると、どこか懐しいの」

わたしは聞いていた。

「最初はとても嫌だったんだけれど。今は気になって、忘れることができない」

「しかし、そもそもあれは夢だろう。おれはそんな冗談話をきみといっしょにつくりあげたことがあったような覚えもないではないけれど」

そういってから、はっとした。ヌートリアと名乗る男は、賀茂川から来たといっていたのである。しかし、それは偶然の一致にすぎないかもしれない。

「うん」

娘はうなずいた。

「手を洗ってくる。今日は、おいしそうな和菓子をみつけたから、買ってきた。町はにぎやかで、みんな幸福そうだったよ」

栗の入った小さな羊羹だった。今年も栗はおいしく実ったのである。そして来年も実るのである。

「うまい」

わたしはいった。娘は今年五十代に入っている。彼女は、わたしの面倒をよく見てくれて、不平をいうことはない。わたしもなんの不平も不満もない。

「ひざの具合はどうかね」

わたしはいう。娘は重いものを曳きずってもって帰ってくる。それは、わたしと二人の生活のためのものである。ひざは、そのために痛めた。医者にいって水をぬいてもらったりしている。

「ときどき痛いと思うこともあるし、忘れていることもある」

「なるべく冷やさないようにしろ。これから厚手のスリッパをはいた方がいい。足裏から冷えがあがって来るからな」

「つい、ステッキを忘れたりして」

「忘れるようならいいんだ」

外はまっくらである。娘は立ち上って夕食の支度をはじめる。

「おいしそうなカツオの刺身、買ってきたよ」冷蔵庫から缶ビールを出す気配がある。

「すまん」

テレビをつける。ウクライナの戦争がうつっている。アメリカがウクライナにさらに武器を供与するといっている。

夜があけた。

目覚めて、あたりがすっかりあかるくなっているのを知った。起き上って、トイレに行こうとした。

トイレに行くためには、客室を横切らなければならない。

そのとき視界の端の方にソファがあり、黒い影が在ることに気付き、はっとした。

そこから、煙草の煙がふわっとあがっている。

あいつだ。もう来ている。

わたしは、そっちを見ないようにして、トイレに行き、また、見ないようにして寝室へもどった。

胸がどきどきする。

ふたたびふとんに入り、横になった形で、今の気配を味わいなおした。

もう来ているじゃないか。

しばらくからだがかたまって動けなかった。

そのまま数時間たった。わたしは、ようやく立ち上り娘のもとへ忍ぶようにして行った。

「あのな。朝早くから、あいつが来ている」

「あ、あの」

「そうだ。昨日きみを訪ねて来たやつだ。ひとつようすを見てくれないか。もし変なことがあったら、すぐおれがとび出るから」

「こわい」

「おれは、うしろから見張っているよ」

「だって、わたしは知らないよ。そんなやつ」

「でも、あいつはきみを訪ねて来たんだ。どういう思惑かしりたい。危なかったら、大声をあげろ」

「そうかあ」

娘はためらいながら、客室の方を見、それから小声で「すぐ救けてよ」といった。

「もちろんだ。見張っている」

娘は唇をかみしめ、こわばった顔で、そろそろと客室の方へ足をむけた。

変なことになりかけたら、ただちにとび出す。わたしは緊張して気配をさぐった。

娘が悲鳴を上げるか。ダッシュのかまえである。

娘の影が接近していく。二人のシルエットは近づいていく。低い声がひびく。あいつの声がなにやら話している気配である。

ああどうやら、平和裡に会話はすすんでいる。心配するほどのことはないのかもしれない。

さらにじっとして気配をうかがう。はなしはけっこううまくいっているようだ。これはいったたいどういうわけだ。わたしは妙な不安におそわれる。

二人の会話は、そのまま二、三時間つづいた。

わたしはいらいらし、予想外の状況の展開に対応することができない。様子をうかがうしかない。見張りつづけていた。

やがて、ほがらかな娘の笑い声がひびき、はっとしていると、彼女はもどってきた。

「わるいやつよ。しょうのないやつだわ」

娘は、あかるい口調で、いった。

「あいつ、今朝はまだ、何も食べていないって、さ。ゆうべの残りでも食べさせてやる。そのぐらいでじゅうぶんよ」

娘がしたいなら、まあそうしたっていいだろう。とにかくわが家の客なんだ。

盆に載せた食事を、娘はこんだ。わたしは、政治家の回想録をひとり読んでいたが、心は隣室に集中していた。ときどき笑い声が聞えた。

だれでもそういうものだろうが、わたしの人生は苦労が多かった。女に愛されることがなかったのも、そのひとつだ。女は、自分にとってねうちのある人間にしかひきつけられない。そのねうちには、正の方向のものと、負の方向のものがあって、それはどちらも女をひきつけるものだが、わたしには、どっちのねうちもなかった。

愛なんか、なくて当然だが、考えてみると労働という沙漠のなかで、砂に埋もれかけてもがいているような人生だった。妻なんかなんの役割も果してくれなかった。わたしにとっていい人生でもなかったし、わたしの人生は、どの他者にとっても、なんの役割も果すことができなかった。

思い出してもつまらないことだが、いくらさぐってもそれ以上のものは、思い浮んでこなかった。わたしは、ちょっと唇のへりをまげて笑った。多分、多少の差はあったとしても、われわれはほとんど意味をもたないで人生を終了する。幻影にすがりつけるものは幸福だ。

「お父さん」

娘がこっちへ寄って来ながらいった。

「あいつ、飯をみんな食っちゃった。そうとう飢えていた。可哀想なやつ」

「ふん」

「それで――」

娘は、はりのある声でいった。

「お風呂、使わせてやりたいと思います。父さんに会う前に、身なりをととのえたい、といっているし、わたしもそうさせてやりたいと思います」

「ふん」

わたしは不機嫌な声でいった。

「そりゃ、それでもいいが、そもそもそんなことはここへ来る前にやっておくことじゃないか」

「ありがとう。父さん。浴室はあとで、わたしがきれいに掃除しますから、そうさせてやってください。まったくだめなのよ、あの人」

「ふん」

わたしは不機嫌な声でいった。

やがて浴室で、水の流れる音がしはじめ、二人のあたりかまわない笑い声が聞えた。

いったいどうしたんだ、娘のやつは。あんなにおびえていたくせに。

いらいらした。

変な夢を見た、と娘はいっていた。自分は妻のあやまちの子だというようなことだった。そんなことはあるわけないが、なぜ、じゃあ娘はヌートリアなんていうばけものじみたものにやさしい。娘はおれの子だ。そんなのは、夢のなかのはなしじゃないか。悪夢は悪夢で現実ではない。

風呂からあがった気配があり、娘が顔を出した。

「お父さん。あいつ、どうしようもなくきたなかったから、お風呂場、メタメタよ。着てたものは全部ゴミで出すよりないわ。あんなもん着て、よく生きてこられたわね」

「そうか。それはよかった」

わたしは不機嫌な声でいった。

「それで、お父さんに会いたいって、今、客間で待っています。会ってやってくれますか」

「ふん」

わたしはいった。

娘は客間に行ってしまった。

わたしはガウンを羽織り、スリッパをつっかけて、あとをおうように客間へ行った。

紫煙がたちのぼっている。黒いヌートリアの背中のあたりが見えた。

わたしがまわっていくと、ヌートリアは立ち上って、

「やあ。どうもいろいろ、ありがとう」

といった。

かれは、わたしの背広を着、靴下をはいていた。

ひげは残っていたが、こざっぱりしていてどこか鷹揚である。わたしの背広もきっちりと着こなしていて、おちつきがある。

「いい風呂でしたなあ。この子もよく面倒みてくれた。すっかりサービスしてもらってしまいました。ありがたいことです」

かれは、のんびりした声でいった。そのさまには、自分の家にいるような気楽さがあり、このままのんびりしていたいという態度があった。

「いや」

わたしはいった。

気おされるものを感じた。ここはわたしの家だが、あいつは、まるで当家のあるじのようでは

ないか。背広も靴下もスリッパも、煙草も、みな、わたしのものだ。わたしは何も許す気持はないのに、ヌートリアのやつは娘をまるめこんで、わたしになりかわるように企んだのだ。わたしは、怒りがつき上げてくるのをおぼえた。

「ね、父さん」

突然娘がいった。

「昔から着て、着古した服なんだから、ヌーさんに着てもらったの。ねえ。やって来たときとは段ちがい。ヌーさん、なかなかかっこうよくなったわ」

「そうだな」

わたしはいった。娘は、はれやかに笑っている。

怒りがつき上げて来た。なんだ、これは。

娘は、ヌートリアのやつの娘のようじゃないか。裏切りだぞ、これは。

「あたし、むかし、ここへ来たことがありまして、あなたはちょうどいらっしゃらなくて、あなたの奥さまにお会いして、おいしいお茶をいただいて、楽しい時間をすごしました。もちろん、そのことは、奥さまは、あなたにおっしゃらなかったと思いますが」

そういってかれは、また煙草をくゆらし、娘の方へむかって意味ありげな笑いを投げかけた。

娘も小さな控え目の笑いをもって、それに応えている。

また怒りがつき上げて来た。わたしは小さな、しかし、とげのある声でいった。

「あなた、何しにいらっしゃったんですか。わたしたちは、こうしてつつましい生活をいとなんでいる親子なんです。いったい何のごようがおありですか」

「いや、これは失礼」

ヌートリアは、小さく頭をさげた。

「いままで、ごぶさたしておりました。あれからというもの、あたしは生活に窮しておりまして。食えないものですから、一日一本、穴のなかで「ワンカップ大関」をあけるぐらいが楽しみの生活をしておりました。あなたが、この子の面倒をよく見て下さったことは風のたよりで心得ておりましたが、そんなわけで、自分のことで手いっぱい。お礼もかかりも何もお送りできなくて、わるかったと重々思っておりました。いやありがとう存じました」

そういうとヌーは、わたしに頭を下げた。

「それがどうした」

わたしは荒々しい声でいった。

「わたしはわたしの暮しをしてきただけだ。あなたにお礼をいわれるすじはない。風呂にも入っていい気分だろう。飯も食ったじゃないか」

「久しぶりに風呂に入っていい気分でした。いや、ありがとうございましたなあ。本当にながいことこの子のこともありがたく存じます」

「この娘をつれていかれるんですか」

わたしは固い声でいった。

「お前、このヌーについていくのか」

娘は、しばらくだまっていた。それからいった。

「だって血がつながっているんだから」

「ほんとうに血がつながっている、と信じているのか」

娘はしばらくだまっていた。それからいった。

「だからねえ、みんなでいっしょに暮しましょうよ。それがいいと思うの」

「お前、ほんとうにそんなこと思っているのか」

わたしは、いった。娘は、だまったままだった。

すると、ヌーがいった。

「本当にながいあいだ、面倒をみて下さって感謝しておるんです。これは嘘いつわりのない本当の気持です。わかって下さい。ですが、あなた、いきものには年限というものがありましてな。いつまでも元気でいられるわけでもない。そういうことは、あなただってわかっていらっしゃるじゃありませんか」

「なんだと」

わたしは、いった。その声はしわがれていた。

「日暮というものは、どなたにも来るんですよ。そうでしょう」

「おれが年寄りだというのか。そんなこといわれなくたってわかっているよ」

「ほら、わかっていらっしゃる」

ヌーは、静かにいった。

「だからあたし、来たんです」

ヌーは、まじめな声でいった。

「これから、面倒を見させていただきます。これ本気です、信じて下さい」

わたしは、賀茂川の土手にある穴を思いうかべた。ヌーの穴は濡れてべたべたしていた。そこに横になってコップ酒を飲んでいる自分の姿を思いうかべた。そうすると夜がやって来て、川面には流星の光が一瞬ひらめいたりする。それからわたしはみじかい眠りを眠るのだと思った。

咳

その電話は、とつぜんかかってきた。

「わたしは、あなたの心臓の主治医であるM先生の下で働いている医師です」

ふつうの男の声である。かれは、つづけていった。

「あなたは八月十日に心臓カテーテルの検査をうけることになっている。それを少し繰り上げたい、と思っています。そうしなければならない事情があるのです」

「はあ……」

ぼくは要領を得ないまま返事をした。心臓はたしかに問題で、かつて心筋梗塞を起したのでバイパス手術をうけている。一年以上前にカテーテルで、しばらくぶりで検査してもらって異常なし、ということだった。

手術をしてからもう十八年もたっている。だから、このあいだ医師に、「この前の検査からもう一年以上たっている。八月にカテーテル検査をやりましょう」といわれて、おや、去年やったのに、もうまたやるのか、と思っていた。

「実はあなたの心臓の大動脈弁ですが、これが狭窄を起している。このままにしておくわけにはいかない」

「そういえば、一年前の検査で、そういうことがわかっている、とこのあいだM先生がいっておられました」

ぼくは、思い出しながらいった。

「わかっていたんだが、とくに告げなかったといっておられました。経過を見ていたんだが、シビアなところがある、ともいっておられました」

「そうなんです」

医師はいった。

「なかなかシビアなんだ」

「ホーム・ドクターも心音を聞いて、弁に問題があるといっておられました」

「実はわたしたちは、今、新しい治療法を確立しようとしているんです。もうドイツでは二万人が受けているものですが、日本でもこれを普及できるようにしたいと思っています。今日本では四つの病院が手掛けていますが、わたしたちの病院もそのひとつです。あなたはその候補者の一人になっています。それを受けていただくための準備に入りたい」

「そうですか。そんなことがあるんですね。しかし、いわれてみれば、ちょっと息切れがすることがありますが、今、心臓の具合がとてもわるいという自覚はありません。これぐらいなら、どうということはないのですが」

「それが問題なんだ」

医師はいった。

「どんどん事態はわるくなっていきますよ。あなたの心臓はバイパスをやっていて、血管が表面にいくつもぶらぶらくっついています。ふつう弁を代える時は開胸手術をするわけですが、あなたの場合、おっかなくて開胸手術はできません」

「はあ……」

「だから、わるくなっていっても、もう治しようがない。あなた死にますよ。それも半年後か一年後かもしれない」

「………」

ぼくは、それから医師の説明を聞いた。今わたしたちが行っている治療を受ければ、突然死はさけられる、といわれた。

ぼくは早目のスケジュールに乗ることを承諾して電話が切れた。

しばらく茫然としていた。「あなた死にますよ」といった医師の言葉を思い直していた。

たしかに終末が迫っていることには気づいている。五十八歳で心筋梗塞をやり、バイパスの手術を受けた。それも一挙に三枝ともである。さらに十二年後、この病院で回旋枝にもうひとつステントを入れてもらった。

術後十八年たっている。若い医師たちは「レアものだね」と冗談をいう。アメリカあたりの術後経過のグラフを見ると、三枝とも、などという人間はもう生き残っていない。ゼロの先を進んでしまっている。

しかし、それは冠状動脈のはなしである。今度は心臓の中の方の大動脈の弁が問題だというのである。

ぼくは新刊の本屋から心臓弁膜症についての本をとりよせて読んでみた。大動脈弁の狭窄という病はたしかにあり、このごろの高齢化で老人に多く、その弁が硬化してしまっていてうまくひらかないのだ、という。

そのために血流が逆流しようとするのを心筋ががんばって無理やりに送りこむので、だんだん心筋の壁が厚くなり弱ってくる。開胸手術をして弁をとりかえるべきだとあった。開胸手術をしないとどうなるのかということは書いてなかった。

家庭用医学書には、「どうしようもない」とか「このままにしておくと必ず死ぬ」とかいうことは、決して書かれていない。こういう手当てを受けなさい、というところで終っている。

だからといって医師のいった「あなた死にますよ」という言葉は、決しておどしではない、とぼくは思った。このまま生きていくと、じきにぼくの人生は終る運命にある。

ぼくは今年七十七歳になる。身体の状態は心臓だけでなく、あちこち相当にイカレている。糖尿病も痛風もある。死ぬといわれておどろくことはないのだが、しかし、切実な現実感はない。

ぼくはそれでなんとなくモゾモゾしていた。医師がいう通りに事がはこべば、ぼくは一週間ほど入院することになる。その前に頼まれていたフィンランドの絵本をまとめることと、清水桜丘という静岡の高校がこのたび合併・新設されるのでその校歌を書かなければならない。

合併校の片方は、北原白秋作詞・山田耕筰作曲という、おそるべき校歌をつかっていた。合併ということになると、この校歌だけを生かすわけにはいかないから、ぼくに作詞の依頼が来たのである。新しい校歌をつくると前の校歌は死ぬ。佐佐木信綱作詞・信時潔作曲という校歌にとって代ったこともある。しかし、新設校だったのが合併してぼくの校歌で早くも死んだものもある。校歌の世界も生存競争ははげしい。

前もっての検査入院が、くり上げられて七月二十四日に行われた。きれいな病院だが病衣を着て鏡にうつすと、まぎれもない老いた病人の姿が見える。これが現在のぼくである。

検査は、若い女医のカテーテル検査からはじまった。ぼくは右のひじの動脈が胸のあたりで蛇行していてカテーテルはうまくはいらないので、いつも左のひじからやってもらう。それからCT、MRI、レントゲンをやった。

超音波（エコー）による検査が問題だった。この検査は弁膜症の状態がいちばん的確に把握出来るといわれている。ぼくは上半身裸になって、真暗な部屋のなかで検知ローラーで心臓のあたりを幾度となくしらべられた。そうすると画像がモニターに映る。

いつもの検査よりも、はるかにしつこく長い。そう思ってこらえていると、いるはずのない担当医の声が突然して「二弁なのか三弁なのか、はっきりしないなあ」といった。

「これはこのぐらい以上はちょっと」

と技師が返事をすると、医師が、ぼくにいった。

「あなた、今日は昼メシ、まだ食べていないよね」

「ええ。朝からずっと検査つづきですから」

「よし、じゃやらせてもらう」

ぼくはのどに麻酔薬を塗られた。しばらくすると利いてくる。医師は長いものをのどにつっこんだ。胃カメラよりも、ずっと太いものである。思わずうなろうとしたが、声は出なかった。

「どうだ。見えるか。ああ、きれいだなあ」

医師がつぶやいている。

「3Dの映像はほんとうにきれいだ。きれいに映るなあ」

「ほんとうね」

技師も合づちを打っている。ぼくもその映像を見たい。そう思ったが、それはもちろん無理である。

どうやらぼくは、食道のなかにエコーの探知器を挿入されたらしい。からだの構造のことを考えてみると、それは心臓を裏側から写して見ているということである。そういう検査法もあったのだ。

「よし。わかった。それじゃあ、今日はここまでにしよう。ごくろうさまでした。あと二時間はものを食べない。いいね」

「はい」

ベッドへもどって、二時間たつ。もう夜の十時である。ぼくは、糖尿病のためのインスリンの注射六単位を打ってから、まっくらな病室で、冷えた夜の食事をした。そして、医師が感嘆していたのはどんな映像だったのか、自分も見たかったと思った。

翌日の午後、いったん退院した。この結果によって、ぼくは新治療を受ける患者として適当であるかどうかが決るのである。今度の治験患者の枠は、あと三人しかないというはなしであるが、ぼくはそこに入りこめるのだろうか。入りこめそうな気もしているが、もし入りこめなかったらどういうことになるのか。

ぼくが受けることになるのは、日本ではまだ治験の段階だが、ドイツではすでに沢山行われているＴＡＶＩという治療法だ。民族によって身体や心臓の大きさや形がいろいろなので、日本では日本の方法を確立しなければ、一般の治療には至らない。それで今、そのための叩き台の患者としてぼくはそれを受ける準備に入っているのである。

治療は、ふともも付根にある動脈を利用する。そこからカテーテルという細い管を入れる。その中には、生体弁といわれる心臓の人工弁を細くおりたたんだものが入っている。それを心臓の弁の場所まで運んでいって嵌める。

この心臓の人工弁は、形状記憶合金のネットに豚の弁をつけたもので、全体が零度に冷してある。それを心臓の弁の位置に嵌めこむと、体温もあって開きだし、いままでの不全状態だった弁を押しつけるようにしてとって代る新しい弁になる。金属の弁はおぼえている形にもどっていくのである。そういう治療（内科がやるので手術とはいわない）である。

「カテーテルで弁をはこぶ、なんて、そんなすごいことが今は可能なんですか」

「可能です」

医師はいった。

「今はそういう時代になりました。いわゆる生体弁をつけることが出来ます」

「すごいことですねえ」

「すごいことです」

ぼくは医師の机の上に置かれている弁の見本を見た。それは繊細な合金のネットで出来ていて、精巧な細工ものであり、金属で編んだ花のようでもあった。

中を覗くと豚の弁がとりつけてあった。

「こういう大きなものを血管から入れることができるんですね」

「できるんです。形状記憶合金でできているから体に入ってから温められてもとの形にもどる。三十六時間たつと完全にひらいていままでの弁をしっかり保持する。古い弁がちぎれてとぶと具合がわるいからね」

「そうですか。そんなことが今は血管から可能なんだ」

ぼくは、おどろいていた。運ぶ血管は太さ数ミリしかない。

こういう芸当がドイツでは、すでに盛んに行われているという。ぼくのように胸を開くことができない人間には最適な方法である。

「ひとつうかがいたいのですが、ぼくはもう寿命が来ている人間だと思っているので、三、四年長生き出来ればそれでありがたいと考えていますが、この弁は実際はどのくらいもつものでしょうか」

「それはいい質問です」

医師は真面目な声でいった。

「実をいうとまだよくわかっていない。長く保つように考えられてはいるが、実施してからまだそれを実証するだけの時がたっていないからです。しかし、これは、もう改良された第三型でもあるんですがね、わたしはけっこう丈夫だと思っています。治験としての調査義務は五年間の追跡ですが、まあ十年はいけるでしょう。あくまでも推測ですが」

ということは、医師たちはとりあえず十年生きのびられればいい、と考えている、ということだ。十年以上生きる可能性のある人間には、治療は控えている、というのが目下の指標ということになるのではあるまいか。

エコーの技師に、

「ぼくは、五十八歳でバイパスの手術を受けたとき、血管が石灰化していてガリガリになっていた、といわれました。その後、ぼくの心臓は、ますます石灰化が進行していると考えた方がいいのでしょうか」

と尋ねたら、技師は、困ったような表情で、

「まあ、そういうことになりますでしょうか」

といった。

エコーの技師から見ると、ぼくは人間というより石灰のかたまりといった方がいいのかもしれない。人間は内側の気づくことが出来ないところから無機化しはじめているのかもしれない、と思った。

「九月二十八日に治療を実施します。二十七日の午前十一時に入院して下さい。これは全身麻酔で行きます」

「はい、わかりました。ぼくはやっていただけることになったのですね」

「やります」

では、ぼくは治療を受ける資格があると認定されたのだ。不安がないわけではないが、この治

療は受けるべきだ、と考えていたのでためらいはなかった。

十八年前に、やはり全身麻酔で心臓バイパスの手術を受けることになったときは、とてもおそろしかった。東京の三井記念病院の高層ビルから下界を見下して、バレーボールを投げあっている子供たちを見ていると、今すぐここを逃げ出したい、という衝動に駆られたものだ。

とくにこわかったのは、術中に一時間以上心臓を止める、ということだった。当時は今のバイパス手術とちがって心臓が動いているままに手術する〈オフ・ポンプ〉ではなく、人工心肺に血流をつなぎ、〈オン・ポンプ〉で、心臓を止めて手術をした。心臓を止めたら、再び動きだすかどうか、わからない。

〈ぼくの心臓は決してとまりっきりになりはしない〉という確信を自分にもたせるためにあれこれと理屈をひねり出して考えたものだった。

そのころ、ぼくはまだ五十代の終りだった。働き盛りだったといっていい。実の兄も、その妻も、病院にかけつけてくれた。配偶者のKも、娘もすぐに来てくれた。いろいろな人が見舞に来てくれた。

兄も、兄の妻も、その後なくなった。その兄の長男もなくなった。友人たちも次々と幾人もなくなった。だれでもその時は、ぼくの方が先にいなくなると思いこんでいたはずだが、逆になった人もけっこういた。

ぼくは、実はあのころはまだ自分の人生の終末をまともにひきうけるところからは遠いところにいたのだった。だから、ぼくは不意の攻撃をうけておどろきあわてたのである。

それに比べると今はすこしちがう。もちろんぼくは自分がどういうことになるのかをとてもおそれているが、あのときのようなうろたえやおどろきはもうない。自分は近く人生を終えるのである。そのための心の準備が出来ているとは思わないが、いずれの道を行くにしてもそういうことになるはずである。

それはしかたがない。ぼくの人生は、そういう段階に来てしまっている。

この治療を受けると、ぼくの心臓の弁はしばらく保つだろう。しかし、ぼくは、あちこちこわれだしている。どこから崩れてくるかわからないのだから、この治療を受けても長く生きるための保証にはならない。

そう思うと、多少のリスクに対する不安は全体の事態のなかに消えてしまう。多分ぼくにとっては弁をなおしてもなおなくても大差はないのではあるまいか。

だからといって、では治療を受けるのを止めよう、という気にはまったくならなかった。

やっぱりわるいところは治した方がいい。それはその通りだが、ここで、こんな新しい方法の治療を受ける機会に恵まれたのだからやってみようじゃないか、という気持がむくむく起って来た、ということも大きかった。

ぼくは、幼少期から数々の病気をやってきている。大連の赤十字病院にはとくにお世話になった。ここまで生きてくるあいだに、幾度も気絶したり、大小さまざまな手術をうけてきた。それがことごとくうまくいったのでぼくは今も元気でいる。世話になっていないのは産婦人科ぐらいだ。幼いころは病院にいる時間ばかりで「あなたはもう病院の子になりなさいよ」と看護婦からいわれたこともあった。

だから病院には、親しみもないわけではなかった。この病院ではKも死んだ。そのために幾度ぼくは通ったことだったか。Kは、息をひきとったあとここでマンガの細かい絵のついたパジャマに着がえてから寝台車に乗って出ていったのである。どうして、あんなマンガの絵のパジャマがあったのだろう。もっといいものを着せてやるべきだったのに、その時はあとのことまで考えてやる余裕がなかった。気づいて着物に着がえさせてやろうとしたのだが、その時はもう無理だった。Kはマンガのパジャマであの世に逝ったのである。

それはともかくとして、ぼくはこの最新の治療を受けるということに、今や魅力を感じていた。十八年前の大手術でうまく乗り切ったので、この治療を受けることが出来る。大げさにいえば、一九六九年に月へ行ったアポロの連中に共通するようなところも、ないではない。日本では、まだ四つの病院でしかやっていない、という治療にめぐりあえ、受けるべく選抜された。これは受けてみるほうが、おもしろいではないか。

おもしろい、と思えた自分に、ぼくはまた興味をおぼえた。全身麻酔で、のち一週間の入院というが、これはけっこう大変な処置である。実際、どういうことが起るのかは、わからない。痛みも必ずあるだろう。

「ふつうのカテーテル治療の、五、六倍は神経を使う。もしかしたら外科的処置に移行することになるかもしれないので、部屋もカテーテル室ではなく外科の部屋を使います」

と医師もいっていた。だが、ぼくはそれもいい、と思った。

年齢が進んでくると、日々を生きていることをだんだん意識するようになる。生きることを支える、という意識で薬を飲んだりする。

若いころは、生きているということが当然で、若いということも心になかった。いくらがんばって働いても充分なものは得られず、世の中はなかなか一人前に見てくれない、という口惜しさはあったが、自分の内側にある力を信じるという気持もなくそれを当然として信じていた。それが若い、というものなのだろう。

今のぼくは、自分で意識して自分を保って生きている、という気持を実感として感じながら生きている。それだけ努力が必要なのだ。そうして一日、一日が過ぎていっている。

しかし、ぼくは今、さらに新しい治療を受けようと思っている。いやもういいよ、という本音もある。だが、ぼくはまだ生に執着していて、新しい治療を受けることに、興味と好奇心をもっているのである。これは、たのもしいことではあるまいか。

入院したのは九月二十七日。Kの死後五年の祥月命日は九月二十六日である。Kが死んだのは七十二歳だった。娘と二人で暮した日々はまるまる五年間。帰ってこられれば、また続けることが出来るが、Kからは遠ざかっていく日々が続く、ということになる。

五年もたつと、なまなましい愛憎は消えていってしまう。Kのことを書いてしまった今は、愛も憎も脱力している。そういう女がぼくにいてくれて先に逝った。その事実だけがのこっているばかりである。

九月二十七日。ぼくは病室でのびのびしていた。ここまでたどりつけたことをありがたく思う。気づかずほうっておいて突然死する危険から救ってやろう、という力が、今はたらこうとしている。だれにねがったのでもない。しかし、ぼくは運好くセーフティネットにひっかけてもらえたのである。治療がうまくいかなくて大変なことになる、という予感はない。

九月二十八日。カートに乗ったまま治療室へはこばれる。マスクをして呼吸する。とてもいいにおいがする闇のなかに意識は消えた。

次に感じたのは、煙がはれていくように見えて来た風景である。いままでに醒めてくるときには味わったことのない、ぼうっとした感じである。麻酔にも深浅があってこんどはあまり強くなかったのかもしれない。自分のいる場所はわからない。中年の手術着の男の顔が近づいて来て、「治療は終りましたよ。とてもうまくいきました」といった。

今は、そういう映像と声を思い出せるのだが、その時は、ぼうっとした風景のなかにいて、ぼくはよくわからなかった。あとで看護師の男性が、「これからはじまるか、もう終ったのか、よくわからん、とつぶやいていましたよ。だから、しっかりしていると思いました」といった。

次に看護師の女性が、すいのみで水を呑ませてくれた。氷のような水でとても冷たい。

「うまい。とてもうまい」

ぼくはＩＣＵへ入っていた。そこでは、氷片の入った水を呑ませる、というのは、最初の看護の手順である。しかし、そんなことを知らないぼくには、天の甘露で、幾度もうまいを連発した。

「とてもうまくいきました」といってくれたのは、このプロジェクトの最年長の責任者の医師である。ぼくは、どっと安心した。

だんだん気持がふだんにもどってくるうちに、あちこちの痛みがはじまった。一番痛いのは、カテーテルをそこから入れたはずの右足鼠径部で、そこは数センチ切りひらいてからやると、マニュアルに書かれていた。ふつうのカテーテルよりも太いので、そうしなければならないのだ、という。そこはビリビリと痛いが、痛いのは他にもある。左ひじには圧迫袋がついているが、これは止血のためだろう。左ひじからもカテーテルを入れたのか。

右首も痛い。大きなものがついている。これも、マニュアルにあった。ここから心臓まで、線が入っていて、心臓の働きを助けるペースメーカーが働くようになっている。右手首にも何か、からだに喰いこむものがついている。左足鼠径部もちょっとだが痛む。さわってみると何か貼ってある。ここからもカテーテルが入ったのかもしれない。

あとは心電図モニター。おちんちんには導尿の管が入っている。

ざっと、そんな状態で、ぼくはだらっと横になっていた。こういうときはジタバタしてはいけない。そのままになっているのが一番である。

「今、自分の心臓で拍動を打っています。ペースメーカーを頼りにしていません」

看護師がモニターをみながら、そういってくれた。ぼくまた安心した。ほんとうにうまくいったらしい。

やがて、いつもの担当の医師がやってきてにこにこしながらいった。

「うまくいきはしましたが、道中はたいへんなところもありましたよ。弁の場所が固くてなかなか入ってくれない。血圧が不安定になってマッサージをして元気づけたりして、ようやく入れることが出来ました」

「うわあ。そうだったんですか」

ぼくはおどろいたが、医師は落着いていて「こういうことはありますよ。でも、うまくいきましたから、もう大丈夫です」といった。

「しかし、からだのあっちこっちに穴があいているようですねえ。原理をうかがったときには、もっと簡単かと思っていましたが」

「そりゃあそうです。いろいろ応援してもらわなけりゃなりませんから」

本当にこういう時は、何が起っているのか全身麻酔ではわからない。バイパスの手術のときも、看護師に、

「何で、こんなところが痛いんだろう。わけがわからん」

といったら、

「まあ、手術のときはいろんなことしますからね」

といって意味深な微笑をされた。あのときはもっと不思議な痛みをいろいろと味わったが、今度のははるかに単純なものだ、と思った。しかし、やはりこの治療では、患者には全身麻酔で何をされているのかがわからない、というのが適当だ、とも思った。

娘が来てくれた。ぼくのカバンを持っていたので「薬くれ」といってもらった。

病院は薬で不便するところである。痔の軟膏がほしいと思っても、どこにも売っていない。風邪をひいた、といっても、薬が出るのは早くても翌日である。看護師の出来ることは氷で冷やす、といったことしかない。医師の許可がなければ、独断で薬を出すことはできない。すると進行中の風邪の処置はおそくなる。

ぼくは、のどに痛みをおぼえていた。入院前から風邪気味だったので、それが悪化したのではないかと思ったのである。それで内緒で痛みどめに風邪の売薬を呑んだ。

ところが、一錠ベッドの上にこぼしてしまったのを目ざとい女性の看護師に見つけられてしまった。

そのため、ぼくの担当医は、そのことを知ることになり、叱られることになった。

だが、今考えてみると、のどの痛みは、呼吸の気道確保のための管が挿管してあったため、としか思われない。ぼくは余計な心配をしたらしいのである。

二日ほどで、ＩＣＵを出ることが出来た。回復は順調である。心臓は何事もなかったかのように打っている。「もしかすると、ペースメーカーを入れることになるかもしれない」と医師は事前にいっていたが、そういう必要はなさそうでよかった、と思った。

五日ほどたって、明日にも退院出来る、というころ、担当の医師に呼ばれた。これからのことの注意と、この前の治療のときのビデオを見せてくれる、というのである。

部屋に入っていくと、人間のからだの横断面が映像としてうつっていた。ちょうど、横からズバリと切断された牛の肉の内側のようである。これは何だ。それにしても、ずいぶん荒廃しているからだじゃないか。

映像はカラーで鮮明である。心臓、肺、背骨がはっきりうつっている。

ぼくは医師の方を見た。医師は、だまってうんというしぐさをしたように見えた。

その瞬間、ぼくはこれが、おそらく経食道エコーでとらえた、ぼくの肉体の姿なのだ、と気づいた。ほんとうに、医師があのとき声をあげたように鮮明でみごとだが、その肉体は決定的といっていいほど老化している。ぼくは、こんな肉体をまとって、それでも生きている。

ぼくはだまっていた。それから、「あのときのエコーですね」といった。

次の映像に代った。

細い針金のようなものが、もつれあいながら、ものを動かしている。

「ほら、なかなか固かったからね」

医師がいった。

やがて、影のようなものがあらわれたり、消えたりした。それは手の形をしている。

「今、心臓マッサージをしているところです」

「ああ、なるほど」

細い針金のようなものは、カテーテルの先であろう。幾本も見えるのは、ほかのところに穴をあけて応援して作業を進めているところなのだろう。

「ほら、はいった」

「はいりましたね。うわあ」

ぼくが気を失っているあいだに、こんなバトルが展開されていたのである。

それからこれからの心得をうかがい、ぼくは退院した。今、三週間ほどが経過したところである。


入院しているあいだは、とても暑い夏がつづいていた。帰って来たら、今度はいきなり晩秋の気配である。ぼくは寝たり起きたりして、ぼうっと日をすごしている。

Kの菩提寺である浄智寺の朝比奈宗泉さんがなくなった。もう八十もかなりいっていたが、とてもやさしい、いい僧侶だった。Kの葬式にも、三回忌にも、心のこもったお経をあげて下さり、ぼくをはげましてくれた。

五月に住職の恵温さんに会ったとき、「どうなさっていらっしゃいますか」とうかがったら、「まあ気ままに寝たり起きたりしています」といわれた。宗泉さんは、ぼくの大学の先輩でもある。こうして知りあいが次々と去っていく。

ぼくは退院して来たので、雑事が多くなった。三度、三度の食事もつくらなければならないし、新聞・雑誌の整理にも追われている。大したことではないが、からだは、それなりに使うテレビも、ニュースと野球ぐらいは見る。日本ハムのピッチャー増井は高校の後輩なので応援している（かれのサインの色紙ももらった）。今年は、ホールド王にもなった。

沢山のベテラン選手が引退していく年でもある。

娘が咳をしだした。かなり強い咳である。ぼくは風邪薬をわたしたが、よくならない。どうしたのだろう。

すると今度はぼくののどが、しだいにおかしくなった。うつったのか。そうかもしれない。のどは一晩痛んだが、やがて消えた。

娘は、医者にいって、軽いぜんそくだ、といわれた。なるほど、ぼくの家の系統にはぜんそくがある。

娘は、「神経性だ」といっている。緊張するととめどなくなる。「手帳にびっしり書きこんだメモなんか見ると、たちまちだ」

そうかもしれない。ぼくも原稿を書きだしたら、咳が出る。根をつめると咳が出る。

心臓の方は何事もなかったかのように動いている。存在を感じない。これは、うまくいっているようだ。

夜遅く、深夜放送を聞きながらねむろうとすると、隣りの部屋で娘がせきこんでいるのが聞える。

これはやっぱり親子だ、しかたがないもんだ、と思う。

鼠径部の傷はとても硬くなった。ポロポロ崩れて来るようにもなったが、まだ奥の方が痛い。

風呂に入ってよろしいという許可は出た。

こうして一夜がすぎていく。

夏、そして冬

今年の梅雨はみじかかった。七月の初旬でもうあけてしまった。ついで、猛暑がやってきた。猛暑と書いたが、ぼくがそれを直接感じたわけではない。買いものに出かけた娘が、汗みずくになって帰ってきたからである。

「すごいよ、外は」

ぼくは冷房を効かせた室内にいるので、噴き出している汗を眺めておどろくばかりである。そんなに暑いのか。たしかに梅雨があけた直後の外光は異常に思われるほどあかるくなっている。しかし、実感はない。

「もっと冷房の温度をさげてよ。こんなんじゃ、暑くてたまらない」

娘にいわれて設定温度を二十六度に下げる。だが、二十六度はぼくには冷えすぎである。腰かけていると下半身が冷えてくるので、たまらず電気毛布のついたベッドに入る。毛布と蒲団で下半身をくるむ。それですこし落着く。

「今日は東京は三十五度になるって」

「じゃあ鎌倉も上るな」

東京と鎌倉では、いつも一度はちがう。今日はしたがって三十四度になると予想する。冬場になるとやっぱり一度、鎌倉の方が今度はあたたかい。つまり温度の幅がせまく、これが鎌倉が避暑地や療養地として成立して来た所以である。しかし、三十五度と三十四度にはどれほどの差があるか。

そんな暑さのさなかにいて、下半身をあたためることをしなければならない。冷房のためということにしているが、暑さを感じる能力がいかれてきているからである。

それにしても今年の夏は、あまりにも早くやってきすぎたように思われる。それは地平のはるかむこうから、老いたぼくを圧倒するように、不安なとどろきをともなってくるみこむようにせまってくる。したがってくるみこまれているが、これから先は、いつもよりも長い夏になりそうである。こうして続いていく夏に、今度はずっと耐えていくことになるらしい。

若いころはもちろん暑さを暑さとしてじかに感じることが出来た。顔がまっかになったり、ワイシャツに汗の茶褐色の縞もようが出たりした。しかし今のぼくはまったくそうならない。炎暑に晒すとたしかに何か強いものが迫っていると思うが、若いころだったらすぐに発汗したのに、今は汗などはまったく出ないで、ただひたすらからだが異様な圧力を感じながらすくんでいるだけである。

そして梅雨があけて数日すると体に次の変化が起ってきた。それは幼いときから小児マヒで不自由だった左足だ。筋肉がとても軟らかくなって、頼りない感じが増している。この足は力をこめて歩くことをとてもいやがっている。もしかしたら毎月通院している病院に行くことができなくなるかもしれない。

細くてやせた左足がたよりなくその付根がじわじわと痛むのは、毎夏のことで、その印象はもう十年以上つづいている。なにも今年に始まったことではない。いつもは湿布を貼ったり、痛みどめを飲んだりしてきた。まあそれでごまかせるような気がしていた。

猛暑がやって来て一週間、高知の四万十川あたりで、四十一度という本邦最高の気温を記録したころ、ぼくは歩行への自信をうしなってしまい、娘にいった。

「おれはどうも病院に行けそうな気がしない。あんた行って、薬もらって来てくれるか」

「なんですって。そんなことできるかしら」

眉をひそめて娘がいった。

「出来ると思う。血液検査はできないが、事情を電話で話せば、とりあえずつなぎの投薬についてはきいてくれるんじゃないのか。医者だって、見捨てはしないだろう」

大町の額田記念病院からは、糖尿病の飲み薬と注射薬、ぜんそくのための吸入薬と飲み薬、痛風のための飲み薬、利尿剤、便秘薬、などを月一回、もらっていた。ほかにもちがう病院から、アトピーの治療薬や幾度も修繕している心臓を維持するための薬を五種類以上もらっている。いわば、これらの大量の薬品によって生きのびさせてもらっているということになる。

「しかし、とにかく行くべきよ」

「この暑さで、おれはもう溶けちまっていて、動けねえよ。まともな人間じゃねえ」

「そう」

娘はそういうと、ちょっとだまった。それからいった。

「じゃ、介護タクシーを呼ぼう。車椅子をもって玄関口まで来てくれるから」

「介護タクシーだって？」

「うん」

ぼくはだまった。介護タクシーは、死んだ妻で詩人のKが、三度目の手術をしたあと、家につれて帰るときに使った。車椅子に乗せられたKは、おとなしくすわったまま、機械じかけの装置で、後部にあけられたハッチからモーター動力ではこびこまれた。そのときのKの人形のような姿が、とても小さな映像となって、頭に浮んで来た。六年前のことである。今度はぼくがああなる。

不意に、ぼくのなかで、何かがガタンと外れたような気がした。いつかは来ると思っていたことが、やって来たのか。

「わかった。それじゃともかく介護タクシーで行ってみよう。明日の都合がつくかどうか、電話して訊いてくれ」

翌日の午後、約束の時間が来ると玄関のドアをたたく音がして、中年の運転手が姿をあらわした。出かける準備は終っていた。

今、アパートメントハウスの九階に住んでいる。このアパートは分譲アパートの初期のものなので、エレベーターは各階では止まらない。四、七、十階で止まるから、ぼくはいつもまず一階だけ上にあがって、十階から降りるエレベーターに乗る。

「どうされますか。車椅子は十階に持ってきています。ここまで持って来ましょうか」

「いや」

ぼくはいった。

「手摺りにしがみつけば、一階分ぐらいはあがれると思います。危くなったら手助けして下さい」

片手にステッキを持ち、もう片方の手で手摺りをつかんで、片足を宙に浮かせながら身体をひきずり上げた。思ったよりは楽に上がれた。

上階には車椅子が待っていた。そこにすわった。

「では、まいります」

エレベーター・ホールまでは、廊下が通じている。その廊下を以前は全く意識しなかった。しかし最近はこれはとても長い廊下だと思うようになっている。

車椅子で、後方から押してもらう。身体がゆっくり進んでいく。何もしないでも動いている。うしろ向きのままでエレベーターを下っていく。

一階まで降りた。いつもならアパート全体のための玄関に、さらに十段ついている階段を下りていって、道路へ出て、バス停留所まで歩くことになっていた。しかし今日は逆に中庭へ出て、車椅子用のスロープを使って下りる。もともとこのアパートにはそういう道がつけられていた。するとそこに、大型のタクシーがいた。ぼくは車椅子ごと台にのせられ、後方のハッチをあけた所へモーターで吊り上げられてはいった。

「危いですから、ロックします」

椅子が床に固定され、シートベルトがかかった。これなら、走行中安定している。

車は敷地内の車輛置き場の中を迷路をぬけるようにしてゆっくりと走り、表通りへ出た。歩かないで、車に乗ることは出来たが、ここまででもかなりの時間がかかり、疲労を感じた。

メーターが三千円を越えたころ、目指す額田記念病院についた。また車椅子のまま、病院内にはいった。とにかく到着したのである。

その姿のまま待合室にいると、看護師長が通りかかって、

「おや、まあ」

といった。どうしたんですか、という表情である。春先にぼくは腰痛のために、ここに入院していたので、顔見知りだった。

「いや、暑くて、左足の筋肉がとけたみたいになってしまって」

すると彼女は、眉をくもらせながら、

「この暑さだもんね」

とつぶやいた。

しばらくすると、入院の際面倒を見てくれたマッサージの先生が、やはり通りかかってぼくに気づいた。

「いや、暑くて、左足の筋肉がとけたみたいになってしまって」

するとかれは、少し深刻な顔になって、ぼくの左足にさわってくれた。退院の前にもかれは、足の筋肉にさわってゆっくり丁寧にもんでくれた。その時は健全な右足の膝にも治療をほどこしてくれたが、がくがくするお皿をうごかしながら、

「こんなに動いちゃう。ずいぶん使ったんだなあ」

といって仕方なさそうに笑った。専門家にはたちまちわかるほど、頼りにしている方の足もやられているのだ、と思った。

左足にさわってくれてありがたい。するとかれはいった。

「この左足、もしかするとこの辺から骨折する可能性もありますよ。心配だなあ。お気をつけてください」

それは左足の膝である。左足は、若いときに比べると、かなりやせ、しかも縮んで来ている。たしかに言われるような不安がある。

「ありがとう。気をつけて使います。使わないでいていいものでもないので、気をつけて動くよ

うにします」

「お大事に」

かれはそういうと、そっと手をはなし、また歩き去っていった。

車椅子のまま診察室へ入る。病院の部屋はどこも車椅子で入れるようになっていることに気づく。

医師も一寸驚いたようだったが、

「今年はすごい暑さですからねぇ」と言って気の毒そうな表情になった。

「涼しくなれば、また歩けると思います。毎年夏にはこんな症状があらわれるんです。今年はとくにひどいですが」

「そうですか。元気をとりなおしたら、足、動かして、身体を使って下さい。ヘモグロビンA1c（エーワンシー）は、六・九です。以前よりよくなっていません。アルブミンが多いのは、運動不足のせいだと思われます。動かないと退化しますよ。動いて下さい」

「はい。そうするつもりです」

みんな異口同音に動け、という。動いた方がいいにきまっているが、ぼくの肉体はあまり動きたくない、といっている。それに、どうやって動いたらいいのか。ベッドの上で身体をのばしたり、足を宙にあげてそのままじっとこらえたりはしているが、弱い方の足はもちあげるだけで精いっぱいである。

「肌の発疹の方は、治まって来ましたね。肝臓の数値がぐっとよくなっているのは、そのせいだと思います」

「皮膚科のお医者さんも、よろこんでくれました。かゆみはとれませんが」

血液検査の結果をもらう。心配になるのはクレアチニンだが、〇・八九。このぐらいが維持出来れば、まだしばらくは透析にはならないでいられそうである。数値は全体にわるくない。薬を飲みつづけているからではあるが。

帰りも車椅子に乗ったまま、介護タクシーに乗せてもらう。ぼくは動かないでいるが、風景はゆっくり変化していく。自宅から病院へこの姿勢のままで行き、そしてまた同じコースをもどっていくわけだが、現実感はうすい。

このごろ、意識のばらつきが起っている。いつもは意識のことなど気にもかけないのだが、いつからか、なんだ、この感覚は、と思う瞬間がある。今日も同じところを移動しているのだが、そして目にはいってくるものの形態とその距離を一応認識できてはいるのだが、どこか〈これは嘘っぽいぞ、こわいぞ〉と感じている。よくない夢のなかにいるようである。

今日のこの感覚は盲腸手術後の回復期に味わったものと似ている。そのときはまだ若かったが、老医師に手術をやってもらったら、とても旧式だった。成功しているのにしばらく寝ていなければいけないという。二週間後にようやく退院を許された。不意に外へ出たら、目の前はいきなり西荻窪の繁華街である。ぼくはその瞬間よろめいた。

それはよく見慣れているはずの町並みだったが、違う質感でなりたっていた。全体にうすい透明な色がかかっていて、一軒一軒のお店がとてもくっきりと浮き出している。店と店のあいだの、あるかないかぐらいの細い隙間が、暗い輪郭となってふちどっているのである。

同じ街であるのにちがう。この中へぼくは歩いていっていいのだろうか。

しばらく立ちすくんでいた。そして、そうしているうちにこれは、体力がおちているせいなのだ、ということに気づいた。だから、世界を受けとめられない。

そのときほどの強烈な迫力を、今の風景はもっていない。それだから今の方が状態はいいのか。そうは思われなかった。当時はまだ若かったから反応もはげしかったのだ。

「運転手さん、運転手さん。この介護タクシーのボディには、可愛い椰子の樹のイラストが書いてある。アロハ・タクシーっていうんでしたよね。社長さんは、ハワイ出身の人なんですか」

「あはあ、そりゃちがいます。これはわたしの車で、わたしが書いてもらったんです。わたし、泳ぐのが好きで、ハワイへ幾度も遊びにいって楽しかったんで」

「じゃあ、あなたは個人でやってらっしゃるんですか」

「簡単には、介護タクシーの免許はおりないんですよ、あなた」

「はあ」

「以前は毎年ワイキキに遊びに行っていたんでね。ハワイいいですよ。女性もぷりぷりしてますしね。それで免許がおりたとき、アロハ・タクシーと名乗ったんです。もうここ数年、ハワイへは行けないでいるんですが」

「はあ」

そんな介護タクシーが湘南を走っている。これも少し妙である。

十階からそろそろと九階まで降りる。玄関でよろけ、荒い息をした。左足はバカになっていてぶらぶらしている。

車椅子は、楽なように思っていたが、そんなことはなかった。

だれもいない、うすぐらい室内に、ぼくと娘ははいっていった。

七十歳を過ぎると、医療費はぐんと増えると統計はいっている。Kは七十二歳で癌でなくなったが、七年間病んだ。

ぼくはKと同い年で、今年七十八歳になった。ぼくの医療費は統計が示す前からふくれあがっている。五十八歳のときに心筋梗塞にやられて以来、そういう状態はわるくなる一方だ。

ここ五、六年、毎年入院を一回はしている。Kが退院してきて、家で寝ているときにも入院した。娘は病んでいる両親のあいだをいったり来たりしていた。

そもそもは四十歳のときに発症した痛風がはじまりである。せっせと薬を飲んだので、二度と痛みの発作にはおそわれていない。しかし痛風にかかると心筋梗塞になりやすくなるといわれびっくりした。痛風もちは、そうではない人間の三百倍、心筋梗塞にやられる確率が高いという。それでは、もう、やられるにきまっているようなものではないか。

一九九二年、ぼく五十六歳のとき、母親が八十六歳でなくなった。死因は心筋梗塞である。そういうものは遺伝するかどうかは知らないが、覚悟した。

一九九四年、五十八歳のとき、心筋梗塞がちゃんとやって来た。覚悟をしていたから、すぐに病院にいって「心筋梗塞らしいので、そこから診て下さい」とたのんだ。そういう患者はまずいないそうである。背中が痛いの、腹がいたいのといっているうちにヘンになってしまうことも多いという。ぼくは痛風の本と母親のおかげで準備が出来ていたので、たすかった。

とはいえ、胸を割って心臓に足などの血管をとりつけるバイパス手術になった。結果は成功だったが、肉体を切り裂かれるというのは肉体だけでなく、心も傷つくのである。この時のことはもう別のところで詳しく語っているから止めておくが、ここで人生の局面が変った。

痛風といい、心筋梗塞といい、これはつまり成人病である。老人の人生にふみ出したのである。毎月通院して採血、採尿をする。ぼくを診てくれた医師は、「貴様は入院しているときに立派な態度で生活していたからな、腕の立つ、おれがもしなったらやってもらいたい、と思っている外科医にまわしてやったんだ」などとびっくりするようないい方をする人物だったが、根は親切で、心くばりの行きとどいた、いい人だった。その時、前立腺癌の有無とか、糖尿の検査のヘモグロビンA1cまでしらべてくれていて、何か他にも怪しいところがないかどうか、いつもみはっていてくれた。

そういう日々になったので、次々に具合のわるいところは発見されていった。ひとつまたひとつとわかってくるたびに飲む薬の数がふえていく。そうして二十年が過ぎたあとのぼくが今、ここにいる。

一方、ぼくには、歩行という問題があった。中国東北の大連で幼年期をすごしたが、アカシヤやネムの花の美しいこの町で、当時小児マヒが流行っていた。その流行にやられた。

小児マヒは、脊髄の運動神経の灰白質がウィルスに冒されて機能しにくくなる病気である。第二次世界大戦後、ワクチンが開発されて、日本では広く接種されるようになり、その結果、この病に苦しむものはもういない。予防医学の完全勝利の典型ともいうべきことで、ぼくはそのことをとてもよろこんでいる。

で、当人はどうだったかというと、高熱が去って危険からは脱したが両下肢は、ぶらぶらになって、すわることも出来ない四歳の幼児だった。リハビリテーションがはじまり、だんだん回復したが、左足の足首は、まげようとしても意志が通じなくてまげることができないままだった。成育・発達もわるかったから、右足にくらべて半分以上細く、四センチほどみじかかった。

学校の体育の授業はうけられない子だったが、足をひきずりながらも元気に生きた。日本中、いったことのない県などない。南は与那国島から北は利尻、礼文まで行った。勤めているときも、上役はどう思っていたかはわからないが、自分では給料分以上働いていると思いこんでいた。

身体障害者と認定してもらうなんて、考えもしなかった。身体障害者の三級認定はのちにしてもらったが、それは心臓バイパス手術が理由である。

しかし、やはりからだは大変だったと思う。四十をすぎたころから、足腰に痛みが走ったりだるくてたまらなくなったりすることは起り出していた。痛ぇなあ、と思いながら、日々を暮していたが、けっこう楽天的で将来のことまでは考えなかった。

それが五十なかばごろになったある日、ふと、気づいた。今は忙しくて、夢中で生きているが、おれの身体は七十歳になるとどうなっているか、と思ったのである。

七十までなんか生きていねぇよ、というのが第一の反応だった。こんな乱暴な生活をしていたら、何時死んだっておかしくないじゃないか。

しかし、もし、もしだよ。生きていたらどうなっていると思う？

七十二歳でなくなった祖父の姿を思い出した。暗い皮膚の色と浮き出した静脈のうねりや、深夜の咳や、寝言や、立ちふるまいのぎこちなさは、老いぼれた老人そのものだった。

祖父よりぼくの方が乱暴に生きてきた。そのぼくが、あれより上等な状態であるわけがないだろう。

今にして思えば、あのとき、気づかないでいたが、もう衰えを感じていたにちがいない。

そもそも七十歳までは生きられまい。七十歳まで生きている自分は想像出来ない。歩けなくなっていることはもちろん、致命的な故障が起って死んでいる。

だから、したいことがあったら、あと十年ぐらいでやっておくべきだ。たとえ生きていても廃人になっている。

うすぐらい室内に一人ですわって、暮れていく外の風景を見ながらそう思った日のことを思い出した。

覚悟したわけではない。ただそう思ったということに過ぎないから、何か変化が起ったというようなことはなかった。しかし、心筋梗塞で倒れたのは数年後のことである。

覚悟出来なかった見通しは次々にあたった。心臓はなんとかとりとめたが、臆病になった。そして次なる事件は起った。

それは鎌倉の町のまんなかでのことである。その日は相当つかれていた。しかし、一軒お店に寄ってから仕事部屋へもどるつもりだった。

店はなかなか見付からず、歩きに歩いてようやく見付け、目的のものを買った。

外へ出て部屋へ帰ろうとしたとき、とても遠くまで来てしまったという気がした。市内だからこれからこの道のりを部屋まで徒歩である。

ものの五十メートルも歩いたろうか。ぼくはとつぜん動けなくなった。左足がいうことを聞かない。

力をいれても疲労感が強くなっていくだけで、足は歩こうとしない。

そのとき六十二歳だった。ステッキはもう十年以上ついているが、相当な疲労感はあっても、あそこまで行って休息すればいいのだ、と思うと、必ずそこまで歩くことが出来た。がんばりさえすれば、それはかなう。そう思っていた。

しかし今日は歩けない。どうがんばってもぼくはそこに立っているよりない。たまたまタクシーが通りかかったから救われたものの、その時の孤立感を忘れることは出来ない。立っているあいだじゅう、自分の肉体がまたひとつ新しいおとろえを見せたと思った。

これは加齢によるおとろえだろうが、もしかしたら、小児マヒ特有の機能喪失の前ぶれかもしれない。

ポスト・ポリオ。そういう症候群があることは聞いていた。小児マヒを病んだものが、多年がんばって働いているうちに脊髄のおかされた部分が蓄積された疲労でさらにダメになり、今度は今まで悪かったところのさらなる悪化はもとより、今まで元気だったところ、たとえばぼくの場合両手とか、首の筋肉とかそういうところだが、それまでもマヒが及んで来て、まったく日常生活が困難になる、というのである。そのコースへ足をふみ入れたのだろうか。

そうかもしれないが、そうでないかもしれない。ポスト・ポリオが発現するのは、ほとんどが罹患後三、四十年ごろだといわれているがもう六十年近くたっている。

思い立って、東京の大病院に行ってしらべてもらった。するとからだに太い針を刺された。痛くて出血した。筋電計である。

医師はいった。

「左は悪いね。右も悪い」

「右は、こどものころなおったと思っていましたが」

「いやあ、はっきり数値に出てますよ」

「そうですか」

「自分でわかってないなら、それでけっこうじゃないの」

医師は、今は何ともいえないこと、半年後にまた来てはかれば、わかるかもしれないといった。

筋電計の針のあとは、一週間たっても痛かった。ぼくはそれよりも、医師の関心のなさにおどろいた。そんなことしらべたってしょうがないだろう、という気持ちがありありとわかった。小児マヒなんて、もう今、患者はいない。医師の年齢から見て、そんなもの見たこともないし、もう過去の病気だ。

相手にされていない。

半年たっても再診には行かなかった。

しかし、身体はここに在る。

多分、ポスト・ポリオではないのだろう。

加齢による退化である。

実際、その推測のように事態は進行していった。歩行出来る距離が年をへるごとにみじかくなり、身体を正しく保つ能力もよわっている。

そのさなかに、Kは大腸癌をわずらい、癌は脳に転移し、手術はくりかえされ、ぼくと娘は、その看病に追われた。自分のからだどころではなかった。ぼくは仕事場で連載のしらべもののある仕事をし、病院に行き、娘の眠っている家に帰った。あわただしい三角形の日々が七年続いた。

Kが亡くなって、ぼくと娘が残った。この七年間、ぼくたちは人生の現在にかかりきりで、あわただしく、ほかのことをする余裕はなかった。

Kの葬式をし、墓をつくり、彼女の詩集を出し、Kのことが一段落したのは、小説「K」を書きおえたあとだった。

そこには新たに糖尿病で五キロやせて、インスリン注射をしているぼくが残った。東京の会合に出るにも、タクシーを使わなくてはならなくなっていた。すでに七十五歳をこえていた。

五十代なかばで、七十歳になったらきっと歩けなくなる、と思ったことは、割合ただしい推測だったと思う。しかし現在は七十八歳である。なかなか大変な状況になっているが、しかし、それを歎いてもしょうがない。三四半世紀にわたってぼくを支えてくれた、この赤ちゃんのようにひよわい左足には、深い感謝の念をもっている。ここまでこうして生きてこられたというのは、すごいことだ。それは、この時代の生活環境のよさと医療の進歩のおかげである。この左足については、医療は直接関心を示してはくれないが、心臓や膵臓をはじめとする、温い先端医療が、生命をながらえさせてくれている。そのことには、とても感謝している。

ぼくの人生は五十八歳、心筋梗塞で突然死で終ったってよかったのだ。そうすれば、糖尿や前立腺や老人性アトピーや下肢の衰弱などで悩むこともなかった。生命の時間が延びたからこそ、発生してきた沢山の病気や沢山の処置をうけることになっているのである。

二〇一三年の夏は長かった。いっかな衰えをみせず、ぼくは介護タクシーのお世話になって、循環器内科へも、皮膚科へも通院した。腰かけて長時間テレビを見るのもつらかったので、大好きなプロ野球のペナントレースもラジオで聞くことが多かった。

応援している北海道日本ハムファイターズは下位に沈み、投手と野手の両天秤をかけた注目のルーキー大谷翔平は、ともに成績をあげたけれど、ともに中途半端だったともいえる。投手で出たり野手で出たりは、かれの非凡さを示し、また客から見ればとてもおもしろかったが、レギュラーで出ている他の選手たちにはおちつかない思いをさせたのではないか。

暑さは延々と続いた。ぼくは犬がこういうときに舌を出しハッハとあえぐような気分でへたばっていた。

まいってばかりもいられない。やがてぼくは、ステッキ一本をたよりにして、介護タクシーではなく普通のタクシーで通院しだした。これがどう続くものか、見当がつかない。一度行ってくると、翌日いっぱいその疲労が残っている。ちょっと歩くだけのはずなのに、今はそういうわけにもいかない

十月なかばに不意に気温が下がった。しばらくは生きかえったような気分だったが、またすぐ、さらに下がった。今度は寒い。厚手のものをとり出して着た。寒いのもおそろしい。ぼくに

とって生存適正温度帯は、ますますせまくなっている。

十月下旬の日本シリーズ。夜の仙台のゴールデンイーグルス対ジャイアンツのゲームは十三度の下で行われた。ここはドームではない。プレーしていない選手は、スタジアム・ジャンパーをはおっていた。

あれほどうるさかったセミの声は、ぱたっと止んだ。無音の夜になったと思ったのだが娘は、エンマコオロギの鳴き声が、ときどきとどいて来るという。ぼくには、まったく聞えてこない。

新品の石油ストーヴに灯油を入れた。ポリタンクからストーヴの燃料タンクに移し入れるポンプが手動でなく、単三の乾電池二本の電池駆動になっていた。着火用の電池は、単二の乾電池が四本も要るようになっている。

給油は、ボタン一つではじまり、満タンになると自動でとまった。さすが最新式。

これでよし。

また、乗りこえるべき冬である。

幸福感について

このごろ、自分に意識があって、まわりを眺めることが出来ていることに、驚きを感じている。自分は、まわりを見てそれを認識しているのだが、ふだんぼくはそれを当然のように見たままのものと受け入れている。

しかし、もちろんそれは当然などではない。ぼくが認識しているのは、光という電磁波や音という音波や、伝導してくる熱とか、そういうものを或る幅で受けとめたデータであり、ぼくはそれを受けて、これがありのままの世界と思って生きている。

しかしそれは、「これだけわかっていれば、とりあえず人間をやっていくのに困らない」、という範囲のものに過ぎないことはあきらかである。もしぼくが造物主であって、この世のすみずみまで見透すことが出来る立場にあるとすれば、ぼくたちの現世界は、実はどのような風貌をしているだろうか。それは、今のぼくたちには想像も出来ない、ものすごい、ことばなどでは表現しようもない奇怪なもの、とぼくたちが感じるようなものであるかもしれない。

見えない世界を知りたい。たとえば物理学は、数学を利用し、その暗示するものの延長線を思うさま引いて、現実像を人の知覚を超えた想像としようと試みている。数学もまた人間の感知し得る幅のなかからつくり出したものだとしたら、世界を測るメジャーとしてどこまで役立つかわからないし、事実「数学は科学ではない」という意見もまた強力である。しかし、人間の認識を超えて世界を測るのに役立つ道具は、とりあえず数学しかない、と見られているのが現実ではないか。

ともあれ、物理学は数学の構築した暗示的世界を手がかりとして仮説をつくり、それが実際にはどうであるかということをたしかめるためにコライダーをまわしたりする。そのコライダーが出したデータをもって実験といい、九がいくつもつづく確率によって確実なたしかめとしているが、これは高校の理科室でやった実験とは、抽象性の高さにおいて比較にならないものである。しろうとのぼくなど狐につつまれたような気分になるばかりだ。

ともあれ、数学を使って屋上屋を架すようにして人間の能力の幅から外へ出て、仮設の塔をたてるような試みには、ぼくはまたわからないままに昂奮をおぼえる。かれらが必死になって人間の能力を超えた場へ出たがっている、というのは、神の内ぶところに入ってPETやMRIでしらべるというような野望であり、人間はいよいよおそろしいところまで来てしまった、その第一段階がここへ来てはじまった、というおそれと感動をおぼえる。

というようなことは、学問の最先端を行く人々のいどんでいる世界のことであり、ぼくは老人として、おふとんでからだをくるみながらペンを走らせている存在である。老人になったので、体力や疲れやすさというような不安定要因によって、世界はさまざまなかげりをともなって不安定に変化する、ということをいつも味わっている。

たとえば、ぼくは今、心臓のために、カルシューム拮抗剤「ワソラン」を飲んでいるが、この薬は、自室にもちこむと白色に見えるが、ダイニングルームの照明の下では淡黄色に見える。強い光をあてると淡黄色に見えるから淡黄色が正しいということになるのだろうけれど、より暗めの自室では、やはり白色に見えるのである。見るということは不確かなことで、光量にも、見る眼がどのような体力に支えられているかにも因る。ぼくらは、それぞれの世界に生きているのであり、みんなちがう時空で、へだてられながら一緒の気持になっているつもりでいるのである。

ぼくは小学校四年で外地で日本人として敗戦を迎え、同時に父親をうしなった。とにかくそれから十年ほどは、生きていくのが文字通りたいへんだった。

しかし、いっそ死んでしまおうなどとは、一度も思わなかった。「自殺したいと思ったことが一度もないなんて」と仲間から呆れられたことが幾度もあるが、それが本当だからしようがない。足をワニにくわえられて、水の中にひきこまれそうなピンチの連続なので、当人は逃がれることしか考えられなかった。

貧寒とした日々を生きていたのだけれど、にもかかわらず主観的にはぼくは幸福だった。ボロをまとって、ひどいものを食べていたけれど、幸福だった。

その幸福を、絶頂感とともにありありと思い出せるのは、高等学校に入学できたときである。テストの成績が安全圏にあったので、大丈夫だろう、とは思っていたが、結果を見に行ってくれた受持ちの教師が、「おまえさんも受かっていたぞ」といってくれたときから、その幸福感ははっきりと増大しはじめた。

おりから春。三月である。ぼくの中学は静岡市の駿府城のなかにあったがお濠の土手には桜が沢山植えられていて、いっせいに花を咲かせていた。卒業式が終ると、もう何もしなくていい。受験勉強は終っているし、宿題もない。この春休みは、完全に解放されている。気温もぐっと上って来て、晴れた日はポカポカである。心をよせていた少女も、同じ学校に来ることになった。

それは、人生の束の間とも見ることが出来る多幸感と慰めにみちた日々だった。高校の授業がはじまって数学と英語が段をつけたように難しいことに気づき、これからの学校生活の多難さへの予感をおぼえるまでのみじかい期間だったけれども。そののちにもよろこぶべきことはいろいろとあったのだけれど、十五歳のときのあのよろこびは図ぬけた、人生最大のものとして心にうかびあがってくる。

しかし、だからといってそれからあと、ぼくは常に人生に絶望していたとか、そういうことではない。たしかにいろいろなことはあった。ぼくは、心臓神経症になって強迫性の不安にもとりつかれたし、フラッシュバックによって真夜中にフトンを蹴りとばす、などということも起ったし、三日も四日も寝たきりになってまいっている、なんてこともあった。

しかし、全体を通してふりかえると、ぼくはやはり幸福感につつまれた人間であると判断せざるを得ない。

たとえば、それは五十歳ぐらいのころだった。三浦半島の海岸ぞいの道を自転車で走っていた。晩夏で空はまっさおに晴れあがっていて、ツクツクボウシが啼いていた。ぼくは左側にざわめく海辺を感じながら、とつぜん幸福感がわき出してくるのを感じた。その幸福感はとても強いもので、ぼくはそれに陶然として酔っていた。

しかし、ぼくにはそのいわれがわからなかった。あと幾回夏を迎えることが出来るか、というような思いはあり、夏に惜別の思いを感じてはいたが、あきらかにその感触とはちがうものである。幸福感はぼく全体を包み、虹の橋をわたっている小さな自転車、というような気分だった。

それは高等学校に入学がきまった春の日、桜が満開の濠端をさまよったときよりも弱くはなっていたが、若干似ていた。あるいは、好きだった少女をはるかに遠くから見定めたときとも、あのとどろきは失われていたけれど、一応似ていた。

そして、ぼくは、そう思ってふりかえってみると、自分がしばしば恍惚とした光景の主人公になっていることに思いあたった。いいことがあったときにそういう状態になることはわかる。しかしなんでもないときに突如、そういう状態に陥っているのである。これはどういうことなのだろうか。

ぼくは人一倍多幸感におそわれる人間なのだろうか。それはぼくの育った幼少年期の環境にあるのだろうか。あるいは親から受け継いできた性質なのだろうか。

そういうことも思わないではない。ぼくはすこし、おめでたい人間なのかもしれない。

しかし、はたしてそうか。たしかに人を殺してもなんとも感じていないように見える人もいるし、人生をまったく無感動で生きているように見える人もいる。本当にそういう人もいるかもしれない。

とも思われるが、だいたいの人間は、ぼくのように感じているのではあるまいか。

ぼくは小学生のころ、人はどうして生きているのだろう、と思った。宇宙はどうなっているのだろう、と思った。いまもそう思い、生きている。

このことはわからないだろう。わかるわからないという人間の日常的な意識とは別のレベルに在るのかもしれない。

そういう状況なのに自分が生きていられるということは、よくわからないことである。しかしそもそも生物は、生きてあるものはすべて、その問をぬきにして、ア・プリオリにひたすら生きて殖えようとして来た。

もっとも、意識というものをあるレベルで持つことが出来た人間が、一番危険なポジションにあるといえる。だから、文化というようなものも生まれた。この意識は、これからの時間のなかで人間がさらに進化していくとき、どのような質のものとなっていくのか。ぼくはその意識の中身を覗いてみたいと思うが、たぶんその延長の先は、限りなく生の危機に接近しつつ、今は予想も出来ないような認識を得ていくのだろうと思うと、うかつには覗けない、という気もする。

　そして、現在の自分を支えてくれているのは、理屈ぬきの生感覚なのだと思う。それはヒト以外の生物と同じだろう。ぼくは、それを、ぼくの〈幸福感〉と感じる。故ない幸福感、そして若い時ほど激烈だった（そして今や弱まりつつある）幸福感は、ぼくの飢餓線上をさまよった少年時代を理屈ぬきで支えた。認識の力ではなかった。ぼくは、そういう生感覚に依存することで生きてこられたのだ。それは、シッポをふってご主人によろこびを示す犬たちと同じものだ。犬は、はるかに純粋にその陶酔に身をゆだねている。

寝台自動車

背中がおちつかない。ごとごとする感じがつたわってくる。動いている。

ときどきお世話になっている寝台自動車である。病むようになって、便利なので今日も使った。

横たわっている足先の方に人の気配がある。そこには控えてすわれる座席がある。二、三人いるらしい。タバコの煙がながれてくる。

「あなた。もうじき平塚ですよ」

太い男の声がする。その声は、長年酒とタバコをやっている。

「そんなに大げさに考えなくていいんです。いつものとおり、自然にふるまって下さい」

「わかっているとも」

小声で返事をする。

「平常心でやるさ」

「そりゃけっこうです」

だれかが忍び笑いをしている。

「平常心でやるとも」

くりかえしていう。

これから平塚の商工会議所へいくところである。行ったことのないところだし、平塚にそういうものがあることも知らなかった。

商工会議所からは、呼び出し状がとどいていた。鹿爪らしい文面だったが、読みといたところによると、表彰されるのである。

それも、住んでいる神奈川県の自営業者でその去年の所得がベスト・ファイヴに入ったからである。

したがって平塚の商工会議所が、まことにお目出たいことだからとお祝いをしてくれる。今日これから行われる賞状の授与式に出席しなさい、という命令もそえてあった。

病んでいても行かないわけにはいかない。住んでいる団地の組合長もとてもうれしそうだし、管理事務所からはお祝いの電話も来た。おそうじのオバさんも帚の手をとめて「おめでとうございます」とニコニコしながら言ってくれたので、「どうも、どうも」と返事をした。

それで今日は、こうやって寝台自動車で横たわったままお出掛けとなった。

みんなが見送ってくれたはずだが、うしろに控えてくれる連中はどこの人なのか、わからない。団地の事務員か。組合長さんの知りあいの人たちか。

だれであれかまわない。どうせよろこんでくれている人たちにちがいはない。そう思うとほほえみが浮んでくる。

たしかにこの人生、よく勤労にいそしんできた。父親が死んだときから、いつも金のことを思い、それを得ようとして働いた。働いても働いても得る金はわずかだったし、だまされてとられてしまうこともあった。いつも金に飢えていた。いまもなお、八十になんなんとしながら働いている。

金を得ることが出来た、と満足したおぼえはない。いつも、もっとほしい、もっとほしいと思っていたような気がする。

だから平塚の商工会議所から手紙をもらいその主旨を知ったときには、ヘンな気がした。いつ、そのベスト・ファイヴになど到達したのだろう。まだまだ、飢餓線上をさまよっている気分だったが。しかも、このあたりの人の所得レベルは高いはずである。

去年は不景気だったのかもしれない。自営業者の収入は不安定なものである。金もうけをしているやつらは、不況でみんな大損をこいたのかもしれない。いやきっとそうだったのだ。ここは神奈川県で、東京都にくらべれば所得水準は一段おちるはずである。金利生活者や自由業者の所得は、なぜかみんな例外なくドカンと下落した。

相対的にいうと自分は浮きあがった。もうけているとは全く思っていないが、正直者の頭に神宿るという言葉もある。まじめに働いているものは知らぬうちに浮き上ったのだ。そうにちがいない。ほほえみが浮んでくる。

「さあ、いよいよ平塚の商工会議所前です、あなた。わかってますね」

「平常心」

軽くいった。今日は会頭も来られて、手ずから表彰状をわたしてくれることになっている。

「平常心、そうです。よかったよかった」

唱和する〈よかったよかった〉を聞いた。

思わずいった、

「やあみなさん。わざわざほんとうにありがとう。みなさんには、いただいた賞状をじっくり見てもらいたいし、めでたく式が終了したら、この近くで、うまいサカナでいっぱいやりましょう。いいお店があることは聞いていますよ。ひとつわたくしめにふるまわせていただきたい」

それに対する返事はなかった。車がとまったらしいと思っていると、

「担送車、担送車」

という声がして、ぐらっとからだが浮き上った。

「そっちが頭、頭」

「わかってらあ」

外気が顔にあたる。身体が時計まわりで水平に回転する。宙に浮いている。

どしん。

軽いショックがあって安定した。

「よし。担送車、搬入」

車輪がまわる音がする。

「ドア、あけて」

すこし暗くなる。そしてまたあかるくなる。

頭上でシャンデリアが輝いている。

人のざわめきがある。沢山の人々が来ている。みんな、ベスト・ファイヴを見守ろうという人々である。

よこたわったままなので、それ以上のことはつかめない。ただ、担送車はみなとははなれたところに置かれているらしい。

どさっ。

いきなり胸の上にだれかが何かをのせた。乱暴なのせ方だ、と思っていると、強烈な香りがとどいて来た。

すごい匂いである。

これは百合の匂いだ。まっしろな花弁のカサブランカが、胸の上にのせられている。お祝いをくれたのだろう。

しかし、それからだれも遠まきにしているばかりで近よってきてくれない。おそれられているのかも知れない。多分そうである。

チーン。

鉦が鳴る。ざわめきがしずまる。だれかが入って来たのか。

「みなさん、ようこそお出でくださいました。今日はよき日であります。わたくしは会頭として、このようにみなさまが御出席下さいまして、とてもうれしく思っております。今日はこれから自由業で年間売上げのもっとも多かった人をみなさまとともにたたえようではありませんか。まず、みなさまの盛大な拍手をおねがいいたします」

われんばかりの拍手が会議所講堂にひびきわたる。

ベスト・ファイヴだから、あと四人いるはずだが、どこにいるのだろう。あおむけになってよこたわっているので、まわりがよくわからない。が、人の気配は感じられない。あるいは来ていないのかもしれない。こういう栄えある場所は、みんな控え目で、人目に立ちたくないような人柄なので、出席を控えたのだろうか。そうかもしれない。

しかしここへ来たからといって、それが咎められるような雰囲気になってしまうのか。呼ばれたから来た。しかし自分一人、というのは、どうもおちつかない。来たくて来たわけではなかった。

とりあえず今は、こうして横たわっているのである。

「それでは……さんに賞状をさしあげましょう」

不意にのぞきこんだ顔は、どこかで見おぼえのある白衣の中年の男だった。男は、雲のなかから出て来たようにあらわれた。そしてやさしくいった。

「来るのがおそすぎましたよ。もっと早く来なくちゃ」

「はあ」

そうだったのか。突然眠気がおそって来て腕で目をおおった。

やがて顔が消えた。

これからどうなるのだろう。講堂の壇の下に一人よこたわっている。

ばたばた、足音が近づいて来た。

「あ、終りました」

「よかった」

担送車が動く感じがあり、外へ出、また寝台自動車に搬入された。

「じゃ、よろしく」

そういうと、ばたばた人々が出ていく気配があり、しん、となった。

「おい」

思わず声をかけたが、人気は感じられなかった。いっしょに呑みにいくはずだったのにどう

なっている
運転手もいない。
ここで、待っていれば、だれか来るかもしれない。
そう思って待っていた。

どれだけ時間がたったのか。わからない。

浮きつ沈みつしていた気分である。だが、なんとかなるさ、と思っている。すこし気持がわるい。黄色い光のなかでぼんやり日暮れを待っている。ねむってしまっていたようでもある。

だれかが、肩にさわっている。力強くゆすぶっている。いやだ。いやだ。ねむらせておいてくれないのか。

さらに肩が強くゆすぶられる。うるさい。ほうっておいてくれ。

「ごはんですよ。食べないとだめよ」

中年の女が呼びかけている。

「点滴だけでは力がつかないわよ。ごはんを食べるのよ」

「うるせえ」

思わずいう。その声に自分でおどろいて細く眼をあける。

娘がいた。その唇がうごいた。

「しっかりしなさい」

「しっかり……」

頭が重く、そこから手足がはえているような気がする。不快である。やっぱり寝ている方が楽だ。

ぼうっと娘の顔が遠のく。

それから、またねむった。幾度かおこされて、ねむった。もう自分がだれであるのか、どこにいるかもわからない時間がつづいた。夢がいくつもあらわれて、消えていった。

次に見たのは、体温計である。腋の下からぬかれていくところだった。

「三十八度五分」

女の看護師がいった。

「わかるようになった？　わかる？」

「わかるって？」

「あ、わかった」

看護師がいった。

「わかるよね」

「わかる……」

白い光がななめにさしている。時をしらせるオルゴールが鳴っている。

「抗生剤、じゃんじゃんやっているからね。効いてきたんだ」

「なに？」

「あんた、病気なんだあ」

看護師はいった。

「みんなで、あんたをよくしようと思ってがんばっているからね」

「ああ」

やっとつぶやいた。

「おれ、病気なんだ」

「知らなかったの？」

看護師はいった。

「知らなかったんだ」

「うん。知らなかった」

看護師はいった。

「しっかりしなさいよ。あんた、とても重い病気なんだから」

「重いの？」

「みんながんばっているから、あんたもがんばるのよ」

「そうなんだ」

頭痛がして、とても心細い。脱力感もはげしい。ひどいことになっている。いつからこういうことになったんだろう。

元気だった。それしか思い出せない。

「ここどこだかわかる?」

「わからない」

そういって目をあける。空のかけらがすこし見える。窓。そして緑。シーツの白。

「もしかして、おれ」

「もしかして?」

「ずいぶん高いところにいる。いいのかなあ。天国の病院みたいだなあ」

看護師は去っていった。

いつもの病院よりも相当ひろいように感じる。これは天国の病院だからなのか。

やがて白衣を着た若い男たちが幾人もはいって来ていった。

「あなた、今日は幾日か、わかりますか」

「わかりません」

「ここはどこですか」

「天国の病院じゃないでしょうか」

かわらに、からだにさわって、おたがいにめくばせや仕草でたしかめあっている気配だった。

かれらは治療しにきたと思いこんだが、そのまま去っていって、二度とあらわれなかった。

また、ねむった。だれかがおこした。目をあけると、娘だった。

「意識がもどったって、教わったから、とんで来たの。よかった」

「おれ、病院にいるんだ」

「そうよ。湘南鎌倉総合病院。わかるでしょう」

「わかって来た。しかし、どうしてここにいるのか」

「それはね……」

娘は話しだした。どうやら、一夜にして意識を失ってしまったのだった。朝起きると、話しかけてもわけのわからないことばかりをいう。正気ではない。高熱が出ていた。

娘は救急車を呼んで、湘南鎌倉総合病院にかつぎこんだ。いつもの医師に見てもらったが、すぐ入院になった。

「それからもう三日になるわ。でもよくなってきて、よかった」

「よくなっていない」

かすれ声でいった。

「ずっと寝台自動車に乗って、あちこち走りまわっていた。鶴岡八幡宮にいったり、平塚へいったりした。八幡宮には、甥やあんたも来ていたが、死んだおふくろや床屋のじいさんも来ていた。平塚では表彰された」

「表彰？」

「だから変なんだ。まだよくなっていない」

またねむくなって来た。これはまだ熱があるせいだ。どうしてこうなったのか、考えるがわからなかった。元気だったはずである。それがいつか、夢の連続にかわっていた。病気だなんて思わなかった。病気だった。

沢山病気をしてきたのに、と思った。さらに病気なんだ。どこまでいってもキリがないじゃないか。

気づくと顔なじみの医師が来ていた。白衣を着た医師はやさしい声でいった。

「目覚められて、よかったです。しかし事態は重いので、がんばって下さい。わたしたちもがんばりますから、がんばって事態をきりぬけて下さい」

「はあ」

脱力した声でいった。

「それで、どうなっているのか、わからんのですが」

「あなたは尿路感染症なんです。今、身体のなかを菌がまわっている」

「それじゃあ敗血症ですか。こどものころやったことがある」

医師はさらにいった。

「あなたの場合、それだけではすまない。あなたの心臓の中に入っている金属に、やつらはくっついている。それをとりのぞかなくてはならない。とりのぞけないとなると、心臓をひらいて、金属ごととりのぞかなければならない」

「え」

たしかに心臓には金属製の弁がはいっている。大動脈弁が消耗したので、このまま置くと早晩死ぬことになるというので、二年ほど前にＴＡＶＩという治療をうけた。金属製の細い装置を脚の大動脈からさし入れて心臓の弁まで動脈伝いにはこびこむ手術である。形状記憶の合金は、心臓までとどくと体温の働きで花のようにひらき、そのまま動脈弁にうまくはまる。そしてこわれた弁の代りに働く。

そんなことがうまくいくのか。と思ったが、うまくいった。おどろきながら感謝していた。それから二年近くたつ。

今度はそこに菌がついて増殖した。金属は適当な培地になる。そうなればとりだすしかない。心臓を断ち割らなくては出せない。大変なことだが、出したあとの心臓はどうなる。

「あんた、来るのが遅すぎたよ。まったくおかしくなっていたからね。問診しても、わたしがだれかもわからなかったようだった」

「えらいことになった」

「わたしのいう通り、がんばる。飯をしっかり食べなさい。薬だけじゃだめだ。自力が大切だ」

「しっかり食べれば、なんとかなりますか」

「そりゃあ、わからん。しかし、とにかく食べてもらわなくては、何もはじまらんよ」

医師は帰っていった。

重い衝撃がのこった。その頭で、どうしてこの破目におちいっているのかと思った。これは夢のつづきではない。ここから逃げ出すことはできない。しかし食欲があるわけがなかった。

食事は日に三度はこばれて来る。朝も昼も夜も、手が出ない。とくに夜の魚がいけない。魚のなまぐさい匂いをかぐだけでもう吐きそうになる。

食べないと死ぬから、食べる。ひたすらそう思いながら口につめこむ。やはり味がない。異物が口中にはいっている。それを機械的に嚙んでのみこんでみる。おお、どうやらのどを通った。吐くかもしれない。

魚は見えないところへどけておいて、口をうごかす。食べるということが、いままでとはまったく異る。

ほうり出すようにして寝ていると、エイドのおばさんが下げる。そのとき、どのくらい食べたかちらっと見ていう。

「お魚たべなきゃだめよ」

「食えねえんだ。見ただけでまいる」

「困ったわねえ」

刑に服する気持ちで、食物をのどにつめこむ。とにかくつめこむ。だめなら吐くだろう。つめこむ。

食べだして三日目、便意がある。部屋へ便器をもってきてもらって出そうとする。なんと鮮やかなヴァーミリオンにそまった便が大量に出た。なんだこの色は。抗生剤のせいか。こんな色の便、人間のものか。

すっきりして、気づいた。つめこめば、吐かないで消化される。まずくても吐きそうになっても、のみこめば消化機能は働いてくれる。

それに力を得て、魚以外のものはのどにつめこんだ。吐くことはなかった。

「魚を見ると吐きそうになるんだって」

「あたしもそうだったわよ」

中年女の会話が聞えてくる。自分のことだろうか。まだ夢のなかにいるのか。

膀胱に留置されていたカテーテルをぬかれる。これからはオシメである。点滴をどんどんやっているので、すぐに尿意が来る。看護師が「尿量のメモをつけて下さい」といって、鉛筆と紙を枕元に置く。どのくらい水が体内に入っているかを知るためだと思う。

とても早く尿意が来る。メモして見ると一時間保たないくらいだ。記録するのがとても忙しい。これは点滴の連続のせいである。水分で体内のわるいものを排出しようという意図だと思う。

昼間は壜にとるが、すぐにいっぱいになる。夜は看護師の手も少くなる。

「一回のおしめで、幾回ぐらい保つかね」

「三回はだいじょうぶだと思う」

「じゃ、三回したら、代えてもらうようにする。よろしく」

それも一回一回、見当でメモにつける。一日のうちに二十四、五回、全部で三〇〇〇ｃｃ以上出ている勘定である。そんなに頻繁なことで、いったいどうやって眠っていたのか。眠っていたことはたしかである。

これは現実なのか夢なのか、わからない。ひたすら食物をのどにつめこみ、ひっきりなしに排泄する。そのあいだにねむる。めざめる。メモをつける。どこかで、こんな患者は、看護師にいやがられている、と感じている。しかし、ここにいるよりない。

「検査します」

別室の白いシーツの上に横たわる。するとカメラが上からずっと寄って来て、胸に狙いをつけている。こわい。

左手にスクリーンがあって、そこに人の骨組がうつっている。あ、自分の胸部だ。中央にいくつかの白い輪がうつっている。これは昔バイパス手術をしたあと、胸骨をとじるときに留めるためにつけられた金属リングだ。はっきりうつっている。

ガーという音がして映像の角度がかわる。ひらいている金属の網がわかる。はっきりうつっている。これがＴＡＶＩ手術で挿入された金属の花だ。レントゲンで映されると、のがれようもなく、心臓のなかの存在を示している。

こういうことになっている。今は痛みもないし、気にもならないまま、心臓は鼓動を打っている。不思議な気分である。これらの映像は記録されているようだ。

「どうもごくろうさま。終りです」

部屋にもどっている。気がつくと医師が来ている。

「魚がだめだって」

「はあ」

「朝と晩に、栄養ドリンクをのんでもらう。ココア味とコーヒー味、どっちがいい」

「コーヒー」

「がんばれよ」

その晩食から、ドリンクのパックがついてきた。

いままでの食事だけでも、山盛り一山あって圧倒されていた。ひとつひとつ消していくのが、大変だった。比較的楽だったのは、オレンジとイチゴとバナナだったが、とても時間がかかって、エイドのおばさんが下げに来るときでも、まだ食べていた。おばさんは、ちらっと見て、

「お魚、まだだめね」

「うん」

「栄養ドリンク、出たわね」

「ちゃんと飲むのよ」

「ああ」

ストローをつっこんで、吸う。コーヒーの香りが、感じられる。喫茶店でコーヒーを飲んでねばっていたころを思いだす。あれはいつのことだったろう。

つかえる。あやしい味が感じられる。ストローから口をはなして、パックを見る。

コーヒーではない。

薬品の感じがする。

医者が出したんだから。

ストローをくわえなおして、そろそろと飲む。胃にはいってしまえば、やつはなんとかしてくれるはずだ。まだそのくらいの能力はのこっている。

ぐいぐいとはいかない。ゆっくり時間をかけて飲んだ。

排泄する。看護師には申しわけないが、もうなれっこになっている。ベッドをよごさないように配慮した。

きたないことには馴れている。自分がどれほど汚物だらけになっているか、考えまいとする。

でも、死ぬんだったら、その前に風呂に入って逝きたい。

幾日か過ぎて、医師があらわれた。

「あんた、がんばってるね」

「栄養ドリンク、飲んでいます。魚はまだ食べられませんが」

「ぜひ食べてほしい。いや、数値はよくなっている。だからがんばりなさい」

「よくなっているんですか」

「まあ、抗生剤も効いているんだろう。だから、しっかり食べる」

「食べれば、あの手術はのがれられますか」

「いや」

医師は頭をふった。

「金属にいやな影がくっついていて、とれないんだ。それがうまくとれるかどうか。ちょっとむずかしいような気がしているが」

「とれないと、心臓を割らなくてはならないんですね。それで、どうなりますか」

「それはさけたいんだ。だから、どっちにころんでもいいように、体力をつける。体力が勝負だから、魚も食べなさい」

「とても無理です」

医師は、あわれんでいると感じられた。食べても駄目なのかもしれない。

「ここはがんばる。いいね」

「はあ」

「あんたの身体だ。なんとかする」

医師は消えた。

窮地に陥っている。どうしてもそういうことになるが、実感として切実な気分はわいてこない。

もう、おしまいらしい。そういう日が近く来るとずっと思ってきた。〈その時〉はもうじきだが、しかし今日ではない。医師にいわれても、その気分は同じである。今日ではなく明日以降に実現するが、今すぐではない。ものも見えるし、音も聞える。廊下を移動している看護師の押すカートの気配も感じられる。普通の健康な人間に比べれば、多少歪んで不正確な意識のありようということになるが、今日という日はゆっくりと過ぎている。こどもの声がこだましている。スリッパのぺたぺたするひびきが遠去かっていく。

いつのまにか日が過ぎている。点滴は続いているので、尿意はあいかわらずだし、食欲もとぼしい。

どうなってもそういうものだと思われてしまう。まだ生きているのが変である。

とつぜん壁が崩れてのしかかって来た。地震かと思うまもなくどさっと大きな重量が、からだにかかってくる。うわっ。

思わずうなったらしい。眼をあけるとまっくらな闇である。ねむってしまって夜になっていた。生埋めになっている。

すると、

「やあ。もうしわけねえ。すまんことをしました」

身体の上の重い塊がいった。

「よろけてしまって、どうもどうも」

となりのベッドの男だった。かれは、さらにこっちの身体の上にじかに手をついて、さらにうめき声をあげさせながら、よろよろと立ち上ったらしい。

かれが去ったあと、看護師が来ていった。

「かれ、トイレに行って、もどったときよろけて、区切りのカーテンをつきやぶってとびこんでしまったのよ。ちゃんと杖を使えといっていたのに。ほら、ああいう人だから。おけが、だいじょうぶ？」

「だいじょうぶだと思う。いきなりどさっときて、不意をつかれた。大地震で、なにかこわれてふりかかってきたと思った」

「もし、あとで変なことでもあったら、コールしてね」

「点滴はいかれていない？」

「倒れていたけれど、もう直したわ」

となりのベッドの男は、食事が終ると、すぐに「飯はまだか」ととなえはじめる人である。

こういうふうに、突然、すべては終るのかもしれない。

ベッドには、えたいのしれない液体がしたたっていた。

医師があらわれた。

「いや、おどろくほど数値がよくなっている。あんた、生命力があるね。こういう患者は、あなたのお年ではめずらしい」

「そうですか。では、手術やらないですみそうですか」

「そうなるといいんだが、とにかく検査してみよう」

またレントゲンでしらべられた。

「いや、まだくっついていてはなれない。しつっこいやつだ。経過観察を続ける必要がある」

「とれる可能性はありますか」

「わからんねえ。こいつはしつこいから、あんたに楽観的ないい方はできないなあ。栄養ドリンク、飲んでいるな」

「飲んでますが、やっぱり、これはコーヒーじゃないですねえ」

「すこし飽きたかな。じゃあ、明日の朝からココア味にかえよう」

医師は、力をこめていった。

「ココア味ですか」

「うん」

「あんまりかわるとは思えませんが」

医師はうん、とうなずいて消えた。

楽観はできないが、もしかすると、手術からのがれられるかもしれない。しかし、そのよろこぶべき日が来ても、翌日はどうなるかわからない。そういうことはよくわかっている。不意に、何かが起る。いつもそうなっている。

今夜も老人が降ってくるか。

ハルシオンをのんで、よこたわった。看護師がまわって来て、血糖値をはかった。

「あ、二百をこえている。一単位注射うちます」

「何も食べていないのになあ」

体温をはかり、注射をうった。まもなくねむった、らしい。

風景がうごいている。寝台自動車が走っている。

「もうじき小田原です」

「うん」

「海岸沿いの高台です」

いわれなくてもわかっている。

これから、南欧風のオレンジ瓦の建築群にいく。そこはリゾートホテルがほとんどだが、その一角にポール・マッカートニーの所有棟がある。ポールが、そこへ来いといってくれている。

ずっと前、ビートルズが日本に来たとき、かれらのことを「現代の吟遊詩人」と賛美した詩を書いたことがあった。

日本語で書いたのに、だれか英訳してくれたのか。ポールはそれを読んでよろこんでくれていた。

それで、小田原のポール所有のクラブへ来てくれ、といって来た。

そんなことってあるのだろうかと思うが、そうだったのだ。よく覚えていてくれた。

寝台自動車は、よこたわったままの男をのせて疾走している。よし。いくぞ、ポール。

ほほえみが浮ぶ。

前方の遠くの空に、幾度も閃光が走る。しばらくおくれて、爆発音がとどろいてくる。

病　室

目を閉じて、おだやかに呼吸する。

すると右手の親指と人差し指が、携帯ラジオのイヤホーンをつまんで、保っているのが感じられる。

もう数ヶ月も親しんでいるイヤホーン。わたしはしっかりつまんでいる。これをなくしたら、わたしは病院のベッドにいて、外界と切れてしまう。そんなことになってしまったらどうなるかわからないのでしっかり保つ。その感触がじわっと伝わってくる。

安心して目をほそくあけて、視力でもその状態を確認しようと思った。だが。

指はつまむ形をしていたが、何もつかんでいない。

目を閉じる。いや、たしかに指はしっかりとイヤホンをつかんでいる確かな感触がある。

今日はラグビーワールドカップの日本対ロシアの対戦のある日である。これをベッドの上で聞かないわけがない。

わたしと会場をつなぐイヤホーン。イヤホーンはどこへ行った。

今探す気力を持てないので、そのままになっている。

今度は、指と指のあいだに一枚の紙がはさまっている。ああそういうことだろうか。わたしはいつも雑誌にみじかい文章を書いているので、この一枚の紙は原稿用紙にちがいない。しっかりつまんでいる感触がある。しかし、イヤホーンのときは、実はなにもつまんでいなかったではないか。紙をつまんでいる感触はたしかにある。が、いまそれを信用していいのか。

真相を知りたいような、知りたくないような感じにとらわれて悩む。そして目をあける。

指のあいだに紙なんか、はさまっていない。みんな錯覚だ。指はまだ世間と自分がつながっていると思いたがり、こうして手がかりを得ていますよ、とわたしを安心させようとして贋の情報を送っている。

わかっているよ。わたしはもうそんなところにいない。わたしは昨夜、イカの墨のように黒いものを大量に吐いた。そのとき、ガタンと何かが体内で外れるようなショックがあって、それまでの自分とちがう自分に変ったのである。

自分の名前も生年月日も住所番地も忘れてしまった。この社会に生きている個の人間ではなくなった。わたしはわたしであるなんて必要はない。もはやだれであってもいいのだ。若干の不安をかすかに感じながら、同時に大きな解放感も、おぼえている。

それから救急隊の連中が近くの大病院にかつぎこんだらしい。その夜は不思議な感じの奇怪な人々があらわれたり消えたりした。つぎつぎにさまざまな検査がおこなわれてされるがままになっていた。何をされようと、それはもうわたしなんかではない。裸にされようと病衣を着せられようと、それをされているのはわたしではない。わたしはどこかの他人の肉体だと思っている。

胃のなかをカメラでしらべられたあと、輸血をうけた。大きな赤いビニール袋が吊されている。一生会うこともない人の血液が、細い血管から体内にはいって来ている。この血はどこかのビヤホールでさわぎながら、ウィンナ・ソーセージとともに一夜をすごしたことのある血かもしれない。輸血してもらっているやつは、とりあえず感謝すべきだ。

漁港にころがっているマグロ。そんなマグロの気分におおわれているのに、指だけは、しきりに何かをつまみたがっている。イヤホーンや原稿用紙だけではなく、たとえばやわらかいもの、猫の腹、馬のたてがみ、羊毛のマフラー、女の乳房、軟式テニスボール、温められた牛乳。あるいは、むきたてのホヤ、今朝もがれたばかりのトウモロコシ。あるいは、ひげそり器の振動や、半分とび出している濡れた感触のルージュ、生がわきのスヌーピーのTシャツ。自分勝手にひたす感触をたしかめたがっている。

自分の部屋にもどることはない。しばらくはここに横たわっているかもしれないが、じきにその時間も終る。わたしの時空は完全に消えうせる。

ワールドカップの会場で、ただこの今、ハイネケンビールをジョッキであおって大さわぎしている人々も、近くの動物園でヌッと首を上げてあたりを見まわしている、あの哲学的存在とも思われた、可愛いが奇怪でもあるカピバラたちとも出会うことはもうあり得なくなった。指たちは、空しい努力をつづけているが、すでにわたしは関心を失っている。指をつけ合ったり、離したり空しい努力をしているのを他者の指のようにながめていた。

からだが浮きあがってくる感覚がおこってきた。発熱してきたのかもしれない。まわりに在るものに対する緊張がさらにいっそう弱くなっているのを感じる。どこにどう何が在るのかということは、どうでもよくなっている。恥しいとかおそろしいといった気持も、なくなっていく。生まれそこなった赤ん坊のような気分になり、ベッドに看護師に素裸にされころがされていてもなんとも思わない。

目をあけているのが面倒になり、閉じる。明るくなる。暗くなるはずなのに全体がうすい黄色に発光している。しきりに動いているさまざまな輪郭がある。なんだろう。

しばらく見ていた。どうもこのやわらかく動く線は、動物のからだである。動物たちが、押しあいへしあいしている。

あきれてながめていた。しかし依然としてそれが何であるのかをつかむことができない。ただその曲線の動きからすると哺乳類らしいことは見当がついた。

だが、知り得る限りの哺乳類のどれともいえない。みんな肥満していて凸と凹が嚙みあってい

る。だから何もないカラッポの空間がない。かれらは逞しい生命力をもっていて、喰いあってい
るみたいだが、全体の絵柄としては一つの調和を保っているように思われた。
「だれかが考え出した動物図だ」という感じがして来た。こんな動物たちは現実の世界のもので
はなく、だれか、おっちょこちょいの漫画家が思いついたものにちがいない。今はアニメーショ
ンにかかわっている人間も多いし、ぬいぐるみのデザインを手がけているものもいるだろう。そ
もそもパンダなんか生きているのに、若い女性のデザイナーが考え出したように見えるじゃない
か。いや、真相をいうとパンダはだれかの作品なんだ。可愛いものが大好きの二十代の女性のデ
ザイナーが考えた結果にきまっているじゃないか。パンダには悪意もあふれている。
　奇怪な猛獣たちの押しあいへしあいとその全体の温度のぬるさに呆れて、ほそく目をあける
と、やっぱり病室にいるのだった。押しこまれたからといって逃げ出す力も意志もないが、この
ままいるのもわるい気分ではなかった。しかし退屈して目をとじるとまた押しあいへしあいを見
つづけなくてはならない。へんな状態になってしまった。打たれている薬の副作用なのか、それ
とも自分が単にその情景を生み出しているのだろうか。
「気がついた?」
　不意に娘の声がした。
「ああ、どうも」
「うちの連中がみんな心配しているよ。早くお父さん、よくなってちょうだいって」

「ああ。それはありがとう」

　わたしはいった。

「なんだか、よくわかっていないんだ。おれ血を吐いて、病院にかつぎこまれたんだろう。それから自分がだれだったかもわからなくなって、ゴッテリ輸血したんだよな」

「そうだよ。ここまで、うまくいっている」

「保険証とか診察券とか、わかったのか」

「わかったよ。それから、あんたが呑んでいる薬袋も、ぬかりなく持って来た」

「輸血したことは知っているな」

「あたりまえじゃん」

　娘はおちついた声でいった。

「輸血するためには、承諾書にサインしなければならないんだ。あたしがするより、ないじゃん」

「ああそうか」

　わたしはいった。

「きみはいろいろ、きちんとやってくれた」

「わたしより、Y先生の方がよくやってくれたんだよ。あの日わたしは、ピカくんといっしょに千葉へいっていたでしょう。すると帰りの電車のなかで、Y先生からの電話をうけたんだ。ほら、先生は前日に来てくれて、採血してくださったでしょう」

「そうだったかな」

「その結果がとても悪いから、これから往診するって、切迫した声でいわれた。しかし、わたしはまだ電車のなかでしょう。あんたがいる部屋には鍵がかかっている。わたしが帰りつかなかったら先生が来て下さっても入ることができない。で、五十分後に帰りつくから、それに合わせて来てくれと」

「ふーん」

「それでほとんど同時着。血がまるで失われてしまって、あんたは意識がおかしくなっているという。前の晩の吐血がひどかったからね」

「吐血したことはおぼえている。そんなにひどかったのか」

「本もふとんも畳もひどいわよ。あれ、瞬間的に来るのね。洗面器がそばにあってもまにあわない」

「なんか吐きたいという衝動がうっ、と来たことはおぼえているが、そんなだったのか」

「普通の人の半分以下しか血が残っていなかった」

娘はおちついた声でいった。

「まともな人間なら意識を失っていた、と先生はいっていらしたわ。たしかに意識はヘンになっていたけれど、なんとか保っていたのは、慢性的な貧血がつづいていて、耐える力がついていたからでしょう、とY先生がいっていた」

「あの人は本当によく診てくれる」

「このままにしておくわけにはいかないから大病院へ入院、ただちにしなさい、といわれ、渡す病状・病歴をしるした手紙を、救急隊が来てくれるまでに書いてくれた」

「それを、あんたが、病院に出してくれたんだよな」

「あたりまえじゃん」

娘は怒った声でいった。

「あんた、だいぶよくなっているね。一度はもうおわかれかと思った。でも、もうなんとかなる」

「どうだか」

わたしは、笑いながらいった。

「なにしろ、意識を失うのは、おれの特技だからな。不死鳥のごとく、よみがえる老人」

「よみがえるのを待っている方は、スリリングだよ」

「ほんとうによく気を失う。心筋梗塞のときは、麻酔も含め三回したしな。尿路感染症のときは、夢から醒めたら病室で、あんたがのぞきこんでいた」

「尿路感染症のときは、T先生が何を訊いても、トンチンカンな返事で、目がヘンになってたよ」

「あのときは、鶴岡八幡宮のホテルで、窓から参詣者たちをながめていたんだ」

「境内にホテルなんてないよ」

「それがあったんだよ。いや立派な金糸で織られたお布団にくるまって実に気持よい気分だった」

「それはイカレていたっていうことで、意識を失ったんじゃないじゃん」

「ああ、そうだな、そういわれると。でも鼻中隔の手術をしたときは、完全にオチてしまった」

「ビチュウカク？　それ、聞いたことない」

「まだ高校生のときのこと。鼻の孔にノミをつっこんで、ハンマーで叩いて、出っぱった骨を削るという。ハンマーで幾度か叩かれて、そのたびにガクガク首がふるえているうちに、なにがなんだかわからなくなった。気がつくと看護師が蘇生させてくれているのが見えてきた。わからなくなる、というときは眠りに入るのと同じように何時その状態になったか、境目は意識できないんだ。気づくとこの世にもどっている。しかしその直前は土や石と同じ状態にある。たしかにおれはその領域に、さほど遠くはないいつかに、もどっていくわけだが、そう自然にいけるかどうかわからない。でもできればそれがいいような気もする」

「あんまりしゃべると、疲れるよ」

　娘はいった。

「ここにいれば、わたしは安心だから、あんたは、お医者さまのいうことを聞いてよくなるのよ」

「家の方は大丈夫か。みんな元気か」

「元気だよ。ピカは、学習院大学であったエルサレム交響楽団の演奏会につれていったら、キャンパスが落葉でいっぱいになっているのを見て、こんな美しい大学に行きたかったといっている」

「ああ、それはおれも聞いた。落葉にかこまれた晩秋の学習院大学のホールで、ブラームスの四番を聞いたのは、すばらしい体験だといっていた。学生たちがフットサルの練習をしているのが、とてもうらやましいとも」

「ブラームスの四番だなんて」

「生意気なやつだな」

「あの子は虚栄心が強いんだよ」

「リリ夫妻は、相変らず夫唱婦随でハネムーンか」

「ブタマン、二つに割って仲良く食べているよ」

「この前は、おれが買ったピザだった」

「太郎はちょっと風邪をひいているよ。でもピアノの練習は休まない。相変らずシニカルで、みんなを困らせているけれど」

「あいつがいい子になったら、お医者さんに連れていった方がいいよ」

「あとすこしすると、わたしの誕生日だからみんなでお菓子を買って祝ってくれるといっている」

「そうか。それはよかった」

眼を閉じる。たちまち娘はいなくなって、わけのわからない未知の哺乳類たちがもみあっている情景になる。

こんなものが見えているうちは、状態は決してよくなっていないが、まだ生きているしるしとも見えてきた。わたしは漫画動画のような哺乳類になやまされながらまどろみつづけた。

すると肩を叩く者がいる。

だれ。

目をあけると、五、六人の白衣の人々がとりまいていた。

医師団だった。

まだ若いが、目鼻立ちのしっかりした医師がいった。

「わたしが、あなたの主治医です。前に入院していた時の記録も読みました。もう一回大腸検査をしましょう」

やっぱりそうなるのか。もう人生は終るのに、またあの辛い思いをするのは、たまらない。

「はあ」

わたしはいった。

「わかりました。けれどもわたし、立てないし、もともと歩けない人間です。あれをうけるだけの自信がありません」

「どうしてです。便器をもって来ますから、ここでベッドと往復すればいい」

「そのまえに」

とわたしは弱い声でいった。

「あの苦い水を三リットル、呑んだりしなければならないし。それにぼくは今、ベッドと便器のあいだを歩いたり乗ったり降りたりできるかな」

「二リットルで行けるんじゃないですか。なんとかやれますよ」

「このあいだは三リットルでした。そのたびに看護師さんにしらべてもらって、幾度も捨てにいってもらうのも、つらいです」

「そりゃ仕事です。当然じゃないですか」

「そうなんですけれど」

　すると医師はだまってわたしを舐めまわすようにして見た。そのまなざしは、この患者のいっていることを確めようとしているように思われ、わたしはいった。

「もし、ちょっと時間をいただくことで、体力がもどってくる、ということなら、受けられるようにがんばってみます」

「なるほど」

「病院に入れてもらって、只飯を食っているわけにもいきません」

「只じゃありませんよ」

「はあ。ですからちょっと待って下さい。たしかに調べなくちゃ、ここに寝させてもらうだけ、というわけにはいきません。恢復するようがんばります」

「なるほど。じゃ、また明日」

　医師たちは去っていった。

　この春、わたしは、胃と大腸をしらべてもらっていた。またよそのクリニックへも行って、カプセルを呑み、小腸の内部の撮影をした。その結果、血液は確かに大幅に減っているが、どこにも異常な腫瘍はみつからなかった。医師は腕組みして考えたけれど、出血の場所をつきとめることはできなかった。

これらの検査はとても疲れた。胃は麻酔をかけてくれたから直接の苦痛はなかったが、小腸は八時間、カプセルが小腸をめぐってそれが撮影している間寒さに堪えながら車椅子に坐りぱなしだった。大腸は、腸を洗いながらしてから、カメラを挿入して内部を撮影する。カメラが入るように穴のあいたパンツを穿くのが恥かしい。右脚に大きなけいれんが走って、操作者が緊張する気配が感じられた。そのとき深い疲労を感じ、この検査は二度と受けたくないと思った。

でも、わたしは病院にいるのだから、よくなりたいと思っているのだろう。だったらもう一回、大腸検査を受けなくては、無意味ということになる。

検査をうけることになった。今度も二リットルでは間にあわず、三リットル呑んだ。

冷えた検査室に横たわると、横目でスクリーンを見ることが出来た。わたしの腸の内部が鮮明な画像でうつっている。カメラにライトがついているのか、あかるい肉のひだのある大腸である。

これが美しかった。わたしは八十四歳の老人で、老化はいちじるしいのに、腸はあたたかく弾力があり、活気にみちている。赤い色が画面いっぱいにあふれている。わたしはしばらくみとれた。

「よし、こいつだ」

という声がして、続いてパチンという冴えた音がした。つづけてもうひとつ、パチン。

何かの処置を加えたらしいのである。それからしばらく間があって、

「よし、こいつだが、慎重に行こう」

わたしは痛くもかゆくもないのだが、なにかをしている気配があって、

「よし。いいぞ」

また、パチンという音がした。

「しかし、これはどこから来たんだ」

スクリーンを見ると、腸のひだのあいだに小量の血液がたまっていて動いている。カメラはあとを追って出どころをさぐっている。

「ふん、なんだ」

大腸カメラの検査は終った。

説明によると、悪性腫瘍はやはりなかった。

ポリープは三カ所あったので、とりのぞいて、クリップした。ただそのうちのひとつが出血していて、ちょっと手をかけたが、これもうまくいった。大腸に出血の原因があるとすれば、これで解決した、ということになるのか。

冷房のきいている病室へもどる。寒い。靴下。靴下はどこへいった。病衣のズボンを穿く。靴下を穿き、カイロを足裏に張りつける。わたしは、何も食べていないし、からだの中に在るものは全部出してしまった。震えながら、美しかった内臓のことをしきりに思いだす。あれが、わた

し自身のものだと信じてもいいのか。

「太郎はわるい子だよ」

と、娘はいった。

「どうせ、おまえたち小動物なんか、幾度も正月を迎えられるものじゃない、ってあざけるんだ」

「たしかにそうだが」

「みんな髪の毛を逆立てて怒ったよ」

「そりゃ怒るだろう」

わたしはいった。

「あいつはいつもシニカルなんだ。だからしょうがない。おれだって、いらいらすることがある」

「あんたが入院なんかして、家をあけたからいい気になっているんだよ。自分だって、そんな大きいわけじゃないくせに」

「それは、あいつだって知っているんだよ。まあ、おれが帰ったらすこしあいつにやさしくしてやるから」

「あんたが入院してから、わが家は混乱しているんだ」

娘はいった。

「ピカは、晩秋はブラームスの四番がふさわしい、なんていっていたな」

「今は、それどころじゃない」

娘は目でわらいながらいった。

「四回続きの室内楽のチケットを手に入れた。ベートーヴェンの絃楽四重奏曲の全曲演奏会なんだ。後期の一三二番と大フーガが楽しみだなんてわたしにいうんだから」

「なんだって」

わたしは、咳きこんでしまう。

「ほんとうか」

「ほんとうです」

「そいつは変だな」

「すっかり生意気になった」

「ふーん」

わたしの不在のあいだに、混乱がおこっている。これは異常な進化がはじまっているのかもしれない。

「ピカは、きみのお気にいりだ。すこしかわいがりすぎたんじゃないのか」

「少くともあの子は、そう思っている」

娘は、満足そうにいった。いいことだが、ちょっと水をさしてやりたい。

「ほら、このあいだAさんのところから来た新参者のかわいいのがいるだろう」

「ああ、やっとなれたところ」

「あの子を、あんたのベッドに入れていっしょに寝てやれよ」

「そんなことしたら、ピカは大へんだよ。わあわあ泣いて、病院のあんたのところまで走ってくる。ひどい目にあっているって」

「一度、お灸をすえた方がいいよ。すこし増長している」

「そんなことできないよ」

娘は、うれしそうにいう。

「ピカはずっとわたしといっしょにいるんだから。古い相棒だもの」

「しかし、大フーガだなんて」

「わたしもおどろいたよ。このままいくと、どうなるかなあ」

「きっと今も、おれのコレクションをひっくり返して、なにかやっているぞ」

「きちんともとに戻すように、しつけるから」

「まだ、しばらく、おれはここにいることになると思う」

「そう」

「もう、家に帰れないと、ずっと思っていた。でも、かえれるらしい。少しかたづけるようにいってくれ。洗濯物なんか、そこらに散ばらせておくなよ」

娘は去り、わたしは目をつぶった。

すると、また、そこにありもしないイヤホーンのコードを二本の指でしっかりつかんでいる感触があった。それをしっかりつかんで放すまいとしている。

睡眠薬が効いてきたらしい。時空がうっすらとして来る。

身をまかせる。

家では、娘もねむっているだろう。

その彼女のまわりには、四肢をつっぱらせてひっくりかえっている兎や鼠や鹿などの縫い包みの小動物たちがころがっている。

娘が目覚めるまで、かれらは硬直していてぴくとも動かない。

追悼文ふたつ

辻章さんのこと

二〇一五年になくなった辻章さんの著作集全六巻が、昨秋から作品社より刊行されだした。麻布高校時代の同級生の友人たちが刊行委員になっての仕事であるという。相当なボリュームで、かれはこんなに仕事をしていたと知った。

ぼくが辻さんにはじめて会ったころは、二人ともまだ本格的に小説を書いていなかったのではないか、と思う。ぼくは小説の短篇をひとつ、文芸誌に発表したばかりで、辻さんは「群像」の編集者だった。今、しらべてみるとそれは一九七二年で、ぼくは三十七歳、辻さんはまだ二十代だった。ぼくの記憶では、そのとき出版部の小孫靖さんも一緒だったと思う。場所は御茶ノ水駅そばの画材屋と喫茶の両方をやっていた「レモン」だった。

ぼくは江東区亀戸の団地に住んでいて、あかるい「レモン」をいつも人と会うのにつかっていた。若い編集者の辻さんは目が鋭くちょっとこわかったが、笑うと邪気のない東洋の少年のようになった。

そのときの用件は「あなたの小説を読んだ。今度は『群像』に作品を書いてみないか」というもので、ぼくはうれしかった。そんな機会は簡単に来るものではない。

当時は文学世代でいうと「内向の世代」が活躍していたころである。文芸誌は、そういう人たちを中心に活動していたが、状況を複雑化して活性を出そうということなのか、他ジャンルの人間に小説を書かせて、渦中へ投入するということにも積極的だった。ぼくは詩を書いてきたが、高校生のころ小説も書いていて、これからまた書きたいと思っていたので、「渡りに舟」だった。それで百枚ほどの作品を書いたが「群像」はきびしくて、幾度か手入れをした。

辻さんは見捨てることなく次々に作品を書かせてくれた。いずれも力瘤の目立つ泥臭い作品で、辻さんはどう思って書かせてくれたのか、今のぼくにはかれの好意を思うだけで、よくわからない。

まして、辻さんという人の心の中のことまでは、とても考えられなかった。ぼくはおぼれまいとして必死で立ち泳ぎをしていた。あくまでもかれは、書かせてくれる人だった。かれもまた自分のことは、ほとんど話さなかった。そして辻さんは長い年月をかけて、ぼくを小説家にしてくれた。

辻さんが講談社を辞めてしまったのは、一九八〇年代のなかばごろのことである。かれは「群像」の編集長になっていた。

ぼくはおどろいた。かれは職業人として一生仕事をするものだ、とばかり思いこんでいた。だれだって、そう思うだろう。

そのうちに噂が聞えて来た。かれには障碍のあるお子さんがいて、その子の面倒を見るためだというのである。しかし、会社を辞めるということは、収入の道もなくなるということだ。どうやって面倒を見るのか。

電話があった。辻さんは元気だった。これからぼくは小説を書くといった。今の状況は小説を書くチャンスだと思う。

やっぱりそうか。ぼくはわけがわかったような気がした。おそらくかれは書くために辞めた。ぼくも編集者をしていたから、わかる。他者の面倒を見るだけで、人生は終ってしまう。いくらやり甲斐のあるいい仕事としても、これはどうにもならない。

「あの人は芯からの文学青年で、文学が好きでたまらないの。そういう性質（たち）の人だから」

といったのは、大庭みな子さんだった。かれはそういう姿を大庭さんには見せていたのだ。

やがてぼくは「三田文学」誌で、かれの「未明」を読んだ。退職前後のことを書いたものだったが、ぼくはまず文章に惹かれた。書くということの新鮮な世界へかれは今はいっていこうとしている。そのことにまず感動をおぼえた。かれは書いていける。心強いものを感じた。

しかし、書かれていることは深刻だった。かれは追いつめられていた。障碍のある子をはさんで起きた夫婦の破綻が、主人公の心をとおして書かれていた。それは辻さんにとってぬきさしならない危機であり、乗り切る見込みのない危機だった。

それから「海燕」誌の「逆羽」を読んだ。

一九七〇年前後から、学生運動は過激になっていった。やがていくつものセクトにわかれた学生たちは、たがいに暴力をふるうようになり、死者や負傷者が出た。あれ狂う学生たちを、ぼくらは何もできずにただ見ていた。

辻さんが横浜国大時代に学生運動にかかわっていたことは、ぼくも知っていた。しかし多くを語らなかったので、この「逆羽」を読んで、かれが恐怖のなかで身をさらしていたことを知った。

ぼくはいわゆる「内ゲバ」を、じかに体験したことはもちろんない。しかし一九五〇年前後の日本共産党の暴力革命論をおそれ、苦しんだ少年だったことがある。ぼくはそれ以来、政治には近寄らないという決意をしているが、辻さんの学生時代の恐怖と苦しみは、いつまでたってもくりかえされるものとして、とてもなまなましい。「逆羽」は、ぼくが読んだこのテーマをあつかった文学作品のうちで、もっとも臨場感があるもので、ことの本質をよくとらえている。

辻さんは、こういう重いものをいくつか担いで、小説の世界へ入っていくより生き方がなかったのだろう。

作家になってからの辻さんとも、つきあいは続いた。辻さんは息子さんと一緒に房総半島に住んだ。かれは芥川賞の候補になったり、泉鏡花賞を得たりして、作家生活をつづけた。だがぼくは、かれの作品はもっと認められ、評価されてしかるべきなのに、と感じていた。かれより力がないとしか思えない人が、もっと優遇されている、と思った。

その気持は今もかわらない。そこには時代の変化もあったかもしれない。かれの小説は、まっとうなもので、はなやかなフリルをつけたにぎやかなものではなかった。ぼくが書かせてもらえたころ、もう純文学の比重が軽くなりつつあったし、辻さんが書きはじめたときには、もっとその傾向は強くなっていた。

辻さんは、自分を上手に売りこんだりはできない作家だった。文芸誌の編集長をしていたのだから、いろいろな手法は当然知っていただろう。しかし、かれには、誇りがあり、無愛想だった。書いているものの中身で、読んだやつが考えてくれ。かれはそう思っていたと思う。

それから、かれは順子さんと再婚した。順子さんは、かれの息子をかわいがっていたからよかった、と思った。

ある日、電話がかかって来て「今の文学の状況を見ていると、これを変える必要がある。そのために、『ふぉとん』という雑誌を季刊で出したい。あなたも書いてくれ」といった。

もちろんぼくも書く。しかしあなたが考えている地下通信のような純粋な文学への思いだけで小説のことを考えている人がはたしてどれだけいるだろうか。たしかに時代の今が及ぼす力の範囲で、文芸誌は出来ているが、では、そうではないもっとタイムスパンの長い新人がいるのか。そんなことを口にしたおぼえがある。かれはうんうんといいながら「しかし、これはやる」といった。

「ふぉとん」はきちんきちんと三月ごとに出た。そんなにきちんと出さなくても、年一回ぐらいだって存在意義はあるよ、といったけれど、かれは几帳面に出した。

「ふぉとん」で、辻さんは力をつかいすぎた。終刊にしてからの、かれの失意は深かった。

実際いろいろな人生の負荷が、かれにかかっていた。心臓の具合もわるく、血圧も高かった。友人の医師から薬をもらったりしていたが、病院に行くことをとてもいやがった。突然電話がかかって来て、クラシック音楽の話が長くつづくこともあった。が、かれは決して弱気なところは見せなかった。がんばりすぎている。辻さんは、大丈夫か。

やがて息子さんとホテルを泊りあるいていたある日、突然急性の病いでなくなった、という知らせが来た。

辻さんはいつも意地を張って生きた。あらゆるものに意地を張る。それが、かれのありようであり、かれの文学のありようでもあった。

ぼくは辻さんのようには生きられない。そういうものから見るとうらやましいことだ。かれは自分に正直に生きた。予見出来る破局につっこんでいくというのは、かれが作家であることの証明だ。辻さんは文学の危険をよく知りながらそれを自らにおいてもあきらかにさせた。

小田さんありがとう

小田久郎さんが、なくなっていた。故人の意志による発表期日だというが、それは一年後のことだった。

当然わたしは気がつかなかった。なぜそうなったのか、故人の気くばりのせいだったのだろうが、小田さんは、そのあいだ、隠退をされてはいたけれど、生きて日本の詩のことを考えていて下さったのだと思っていた。

小田さんは、もちろん今でも日本の詩のことを考えて下さっている。わたしはそう思っている。

わたしが三十代で、まだ河出書房に勤務していたころ、若い小田久郎さんも神田神保町一の三で出版社をはじめていた。一つの部屋に四つの出版社があって、それぞれ机ひとつ電話一本だけの当時〈貸机〉と呼ばれた群小出版社のひとつである。小田さんは、きちんとした背広を着ていて、当時のわたしには、「きちんとしてるなあ」という印象で、そばによりにくい印象だった。

かれは『現代詩手帖』という、若い人たちのための投稿詩の指導をやる詩誌を刊行していた。

若い小田久郎自身の詩を読んだことがあるが、いま思い出してみると、素直で正直な気持をのびやかに書いていた。そばによりにくいという印象とは全くちがう、やわらかくやさしいというもので、わたしは、かれの詩を愛する気持をそこでおどろきながら見ていたことをおぼえている。

わたしは、高校同窓の友人の伊藤聚や小長谷清実たちが、高校時代から、超高校級の詩を書いていたのに刺戟され、のろのろ詩を書いていた。堀川正美氏の詩誌『氾』に伊藤や小長谷がつっこんでくれたから、詩作をつづけることができた。

一九六六年のことだった。小田さんから電話がかかって来た。「詩集を出しませんか」という。わたしもかねて詩集を出したいと思っていたが、貧乏生活をしていて、そんな費用はとても出せない。その旨伝えると「いや、この場合、あなたが定価の二割引で百部買いあげてくれればいいんです。やりましょう」といってくれたので、詩集は、突然現実化した。

わたしの第一詩集『東京午前三時』は初版五百二十部。うちわたしの買い上げは百部、定価六〇〇円だったので、わたしは四万八千円を払って、百部をひきとった。

しかし、新人の詩集なんて売れるものではない。そのころ辻征夫さんが、思潮社につとめていたので、東京の亀戸の団地でくらしているわたしのところへもよく遊びにきてくれた。かれが『東京午前三時』の売れゆきのはなしをしてくれたが、ほとんど本の山に動く気配はなかったということだった。これはきびしい現実である。詩書の出版は大変な仕事なんだなあ、と身のひきしまる思いだった。

年があらたまってから、この詩集には、H氏賞が来た。そのせいか、だんだん山が小さくなって売れてしまったというから、よかったと思うけれど。

戦争が終って、詩の世界にも激変がおこり、詩の世界から去らざるを得なかった人も多く、また、その空席を埋めるために、若い詩人たちがどっと登場した。第一次の『ユリイカ』や『詩学』『現代詩』などが、がんばったが、消えるものは消え、またあらわれて消えたりした。

そのなかで、一見地味と見えた『現代詩手帖』が次第に大きな存在となり、詩の専門誌として唯一、ウォッチャーとしての地位を保つに至っている。『ユリイカ』が詩にコンスタントな関心を示していることをのぞけば、詩の世界に関心をもつ詩誌はない。

小田さんは、まず自分の基盤を支えるものは鮎川信夫さんをはじめ、続々と登場してきた若い詩人たちであると考え、それらの詩人たちが持ちこんで来た、するどい感性による時代の思想に注目した。後年になって小田さんは鮎川信夫賞をつくったが、それはかれが、鮎川信夫さんを尊敬し、かれの倫理性の高さに戦後の社会のあるべき路を感じとっていたからだったと思う。

そして詩は、戦後の日本社会における思想的な問題をもちこんで来て、詩人の仕事は、無視できないものとなった。大岡信さんのように日本の詩の本質を探る、すぐれた仕事が実りつつある時でもあった、ということを忘れてはならないが、谷川雁さんや吉本隆明さんたちがまき起した提起は、大きく日本社会全体が考えなければならないすぐれた思想活動だった。また海外の新しい思考、たとえばポストモダンの思想なども、『現代詩手帖』は積極的に紹介し、詩人たちは、吸収することにも熱心にならざるを得なかった。戦後の詩誌の生きのこりランナーの栄光と苦悩を、小田さんはせおっていた。

しかし、時代はかわった。わたしが同時代として生きた詩人たちは、ほとんど去ってしまった。このガランという感触は、いろいろなことをしたわたしにもひびいている。

詩は、社会の激変のなかで、文化・思想のリーダーたちを失った。『現代詩手帖』もそういう中に在って健闘している。小田さんがどういう気持のなかで瞑目したか。八八才のわたしは、今は、小田さん、ありがとうというよりない。

文芸誌「そして」に連載されたエッセイ

異性の目

いうまでもないことだが、男とはちがう。女性独自の見方から教えられることは、今も多い。もちろん、痛い目にあって知らしめられるようなことは、はやくから幾度もあったけれど、そういうことを別にして、特に印象深かった体験は、もう三十年以上も前、東京の四年制大学に非常勤の講師として教えに行っていたころのものだった。

当時のぼくは、一般教養で詩を教えていた。試験なんかもちろんなくて、レポートである。ぼくの出す題はいつもきまっていて、〈わが愛する詩〉か〈わが愛する詩人〉で、つまり、だれだって楽勝できるようにしてあった。

おりから政治の季節で、元気のいい男子学生諸君には、「ぼくはこれから吉本隆明と取り組みます！」なんて張り切っているのがいて、ぼくも「そうか、じゃ、がんばれ！」なんて応じていた。そういうのは男同士、素直に納得できた。

そのときのレポートに、女子学生諸君が、ぼくが一度も取り上げなかった中原中也をあつかっていたものが数篇あって、ちょっとびっくりした。たしかに中原中也はしゃれた小唄の名手で、楽しめる詩を書くけれど、かれは、要するに家の金をつかい放題使ったわがまま息子で、しかもしぶとく生意気なやつではないか。個性的とはいえるが、つまるところマイナーポエットにすぎない、という程度の認識しか、それまでのぼくは持てないでいた。

ところが、女子学生諸君は、ぼくが思うようなことはちっともいわないで、小林秀雄もへこたれるこの傲慢きわまりない詩人に対して、絶賛を惜しまないばかりか、〈愛しい〉とか〈可愛い〉といった類の言葉の花束を連発しているのである。

中原中也が可愛いだって？

例の帽子をかぶっている写真はたしかに可愛いだろう。しかし、中也がそんなものではないことは一目瞭然ではないか。

しかし、女性から見ると、やはり中也は可愛いのだ、ということが、それらのレポートを読み終わるころには、ぼくにもわかってきた。ぼくは中也をようやく理解できそうになっている自分を見出した。男と男、という場合と、男と女、という場合は、評価の局面がちがうのだ。

男には、男と出会うと、たちまち無意識のうちにその人間を、同じ会社でいっしょに仕事をするとしたら、という想像をして人物を評価する、というところがある。中也の、非協調的な自己主張の強さ、攻撃性は、誰が見ても衝突のタネだ。中也は、会社で出世はまずしないだろうが、同僚としては最悪だろう。

だが、女性の側面から中也を見ると、事態は一変する。中也がいくら威張って我を張っていても、女性はかれと角突き合って対峙するわけではない。女性の立場から見ると、そういう中也の足元はひょろついていて、逆に弱点まるだしで、とてもこれでは一人での世渡りではあぶなっかしい、と見るかもしれない。そこで受け止めれば、中也は可愛そうな愛しい人である。

わたしがついていてあげなくちゃ、この人はやっていけないかもしれない、と、母性に訴えてくるものを感じる女性がいても、不思議ではない。実際にいっしょに暮らしてくれた女性が、二人はいたのだ。

そういう中也のあぶなっかしさを見抜くのは、ギロンで優越され、負かされて悔しがる、本質的に子供っぽいところから抜け出られない男というものには、なかなか難しいことだ。そういう土俵からおりてしまえば、そういうところも見えてくるのに。

そう考えてみると、今度は女対女、という場合も当然ある。そういえば、男にはやたらにもてまくるが、女性同士ではさっぱりもてない女性の存在などは、おそらくそういう局面のちがいが関係していることなのだ。

つまりぼくは、女子学生から人間を見る見方を教えてもらったのである。そして、男としての視点からみるだけではなく、女性の視点も借りて、その両者からの視線によって結ばれる像を想像したほうが、たしかに深い認識であり、また面白いのである。

ところでこれは数年前のことだが、かねて疑問に思っていたことのひとつが解けた。それは若い女性、多くは女子高校生が、しばしば〈僕〉という言葉を主語にして詩を書くということである。〈僕〉は当然男だから、その詩が〈僕〉の告白体で書かれている場合、それは作者自身の告白ではなく、別の若い男を仮構してその男の告白として詩を書いているのだ、と解釈するよりない。ところがそれでは、彼女がどうしてそのような詩を書かなければならないのか、その動機がつかめない。そのような詩に出会うたびにぼくは困惑していた。

ところがあるとき高校生の詩を、現実に本人たちの前で批評する機会を得た。そのときも幾篇か〈僕〉を主語にした女子高校生の作品があったので、ぼくはこの〈僕〉はどういう人物なのかを質問した。すると彼女たちは異口同音にこういった。

「僕は、私自身です。ただ、私というより僕といったほうが、清潔感のある純粋な自分を表しているような気がするので、僕という言葉をつかうのです」

正直いってぼくは驚いた。だが、たしかにいわれてみると、そう読むしかない詩なのである。しかもどうやら女子高校生諸君のあいだには、〈僕〉を、詩においてそういう風に使う、というのは、すでに共通したやり方となっていて、彼女たちの間ではスムーズに伝達しているのではないか、と思わせる感じさえあるのだ。

それは、ちょっとルール違反ではないか、とぼくは思うのだけれども、現実にそうなっている。で、とりあえずぼくは今、そう思って女子高校生の〈僕〉の詩を読むことにしている。

男から見れば、〈僕〉には清潔感なんぞありはしない。〈僕〉は〈僕〉であって、青春のぼくなんて汗まみれの獣のようなものだった。きっと大半の男は、自分をそう感じていたはずである。

異性というものはありがたいものだな、とぼくは思った。きっと女性も（全員とは思わないが）どこかの局面で、異性のことをそう思ってくれているだろう。

ハッピーエンド

文芸誌「そして」に連載されたエッセイ

ぼくは、焼け跡闇市が舞台である日本映画も見たし、戦前のフランス映画の再映にも熱心に通ったが、文句なく楽しめるのはアメリカ映画で、これは動かしようがないことだった。だが、このアメリカ映画にも、ぼくの気に入らないことがあった。それはどの映画も、まずハッピーエンドで終わるということである。このような展開ではとてもそれは無理ではないか、と思われるような作品でも、終わりの五分前になれば急転直下、ハッピーエンドになって終わってしまう。ときには、原作を曲げてでもすこしもひるまない。

もし、ハッピーエンドにならなかったら、これはまちがいなく傑作である、と思うのに、かれらは容赦なくハッピーエンドにしてしまう。そのたびにぼくはがっかりして、すべてが台無しになった、と思うのだった。

ハリウッドの映画がだれにでもわかる映画をつくろうとしていて、しかもハッピーエンドを不動の文法にしていた、ということを今思い出すと、これはそれまでにはなかったことではなかったか、と思う。

ぼくは、悲劇的な結末をしつっこく望む少年だったわけだが、それはなにもぼく個人の個性的な趣味でもなんでもない。人間のつくってきたドラマが大昔からずっと悲劇中心だったからである。オペラだって、マダム・バタフライも、カルメンも、トスカも、かわいそうなものだ。

ハリウッドがハッピーエンドの映画を量産しているときでも、日本には母物映画などという、女性が泣きに行くための映画があった。いまでも覚えている広告は「母三人」（生みの親と育ての親ともう一人は何者?）のもので、これは〈三倍泣けます〉というのが、キャッチフレーズだった。泣きにいくというのも、伝統的な芝居の楽しみ方である。これは、少女の難病ものなどには、今も多少残っているといえるだろう。

悲劇的な結末というのは、提示されている世界が破綻して、内部を露出させるということだろうから、その世界の吟味とか、修復の方法だとか、回避する対策だとかを考えると思う。あるいは対策など考える必要はないということになるかもしれない。いずれにしても、見終わったあと、その世界が長く尾をひいて心に残っていくと思う。悲劇的結末が、辛いことと思われながら愛されたのは、鑑賞者が自分の生と作品の世界が、けっして無関係ではない、と思ったからだろう。人の寿命は短かったし、医療はお粗末だった。納得のいかない死は、ほかにもいくらもあった。

ハリウッドの映画が、ハッピーエンドになって、その後その傾向は圧倒的に強くなり、ついにわれらのテレビにおける「水戸黄門」的な状況が生まれても、みんな笑ってビデオにとったりするようになった。

一方、物質的には先進諸国はますます豊かになり、人の寿命も長くなった。テレビのお笑い番組など見ていると、これはたいへんなお金がかかっている、と思うことも珍しくない。視聴者はブロンディで、テレビ局はサンドイッチを伸ばした両腕にのせたダッグウッドのサービスである。

ぼくの中・高校生時代は、戦争が終わったばかりの昭和二十年代である。ないないづくしの時代だったから、主たる日常の娯楽は、ラジオと古本だった。古本は安いし、ラジオはただのようなものだった。いずれも、くすんだ畳の上に寝転がったままつきあえる。このごろまたＮＨＫラジオで復活している「話の泉」など、毎週の楽しみだった。

特別な娯楽は映画だった。映画館というのは、たとえ根太が腐りかけていて倒れそうにかしいでいるものであっても、ぜったいに豪華である。映写がはじまるとおもむろに透明な幕が、ゆっくりと左右にひらいていく。映写される映画の題名やキャストは、このとき幕と重なりながら流れていくのだが、透き通った幕ごしに映像が映るのは、こどもには実に上品で優雅に見えた。むきだしのスクリーンがあるだけでは、映画の迎えられ方は十分ではない。登場してくる映画は、おもむろに左右にひらく幕で飾られていなければならない。

映画鑑賞は、いつでもいける気楽な場ではない。そこに展開するのは、非日常な特別な空間である。

映画の人気はたいしたものだった。座れないことは普通のことだったし、日曜日や正月は、たちまち館がはちきれそうになった。すいているのは、よほどつまらない場合である。当時は住宅事情が劣悪で、間借りはふつうだったから、休みの日に家になんかいられない、ということもあったろう。

チャンスさえあれば、何でも見た、というのが、ぼくだった。若しさらに余裕があれば、夏ならアイスキャンデーのような氷菓をしゃぶりながら、冬だったら三角のセロファン袋に入ったピーナツをかじりながら見ると、幸福感はいやました。

で、そのなかには当然アメリカ映画がたくさんあった。もちろん劇映画が中心だったが、なかには戦時中の軍の慰問用につくられたらしい、歌あり踊りありのバラエティショーのようなものもあったりした。〈水着の女王〉と呼ばれたエスター・ウイリアムズなどは、たわいのないものがたりの合間に、惜しみなくその水着姿を飛沫とともに披露してくれたが、ピーナツをかじっている日本の栄養失調気味の猿のような少年に、上目遣いで見られるのは、エスターにとっては予想外のことで、もし彼女がその場面を具体的に見るようなことがあれば、実に不愉快だったろうと思う。しかし銀幕のなかのエスターは、ひたすら豊満な肉体を宙におどらせ、飛沫をとばして、わが性的魅力を発散することに専心していた。

アメリカ映画は、明るくて楽しかった。なんといってもアメリカという文明が、背後にあった。登場人物たちは、その豊富な物質生活とともにあった。

チック・ヤングの雑誌連載漫画「ブロンディ」の金髪のヒロインの奥さんは、いつもベッドでのんびりした時間を過ごすのが好きだったが、亭主のダッグウッドは、愛する妻ブロンディのために、伸ばした両腕いっぱいに作ったサンドイッチをのせて、寝室にもどってくる。ぼくは戦勝国と戦敗国の差を見せ付けられて腰を抜かした。それはいささか極端な描写だったと思うが、アメリカ映画にもそういうところがあった。

ぼくは、ハリウッドの映画が、ハリウッド映画として完成したときに、映画を娯楽として楽しむ人々が、それまでの芸術鑑賞者をはるかに大きなスケールでのみ込むような人数に増えたのだと思う。映画は、その代償として、わかりやすく単純になり、味わいを失った。ヨーロッパの映画で個性的だった役者が、ハリウッドにいって凡庸なものになった、とはよくいわれたことである。

そして今や映画は、付属するグッズやイメージを拡散して売るための、中心的な宣伝拡材になった。映画を先頭にしたひとつのビジネス集団が通過していくのである。

悲劇を鑑賞するのも快楽であるけれども、秀れた悲劇は鑑賞者を離してくれない。提示されているきびしい状況が、ある深さと正確さをもっているので、自分と自分をとりまく世界について何かを知りたいという気持とそれは結びつく。だから悲劇は愛され、繰り返して上演されてきた。だが、その鑑賞者は、選ばれた少数だったということになるのかもしれない。

ハッピーエンドを愛する気持は、ぼくにもある。秀れたハッピーエンドはあり得るし、またとてもいいものである。だが、ハッピーエンドにかぎらず、現実の条件を無視して無理やりにものがたりを展開すると、それは非合理な願望に迎合したものになる。アクション映画のスターは、漫画映画と同じで、どんなひどい目にあっても死なないで、ハツラツと暴れ続けることはわかっている。これは約束事だからそれでいいが、そうとばかりはいってもいられない場合もある。

物質的に豊かになると、文化に参加する人の数が増大する。そうすると、その経済力の前提の上に文化が成立するようになるから、増大した参加者の好みの影響を受けることから逃れることが出来ない。受ける受けないは興行にはついてまわることで、シェークスピアだって例外ではなかった。だが、少年のぼくの見たアメリカ映画は、そういうことの、産業システム化のはじまりだったのではないだろうか。

わが土台

文芸誌「そして」に連載されたエッセイ

去年ぼくは、北原白秋の評伝をだした。長いことかかって、ようやく出版できたのだが、そんなに手がかかったのは、ぼくが怠け者で、日本の近代文学のことをまるで知らなかったせいと一番目にいわなければならないだろう。やっと本にした今でも、もちろんその知識度にさほどの変化が来ているとは思わない。

そもそもぼくは、小説を書きたい、詩を書きたいと思って育ったこどもだった。そして、だからといって文学を学ぶ必要があるとは意識しなかったし、また考えもしない子だった。本は好きで読んだけれども、それはただおもしろいから読んだだけのことである。まして、文学作品を勉強して小説を書くうえで役立てようと、思ったり実行したりはしなかった。

大学は、文学部へ行ったけれども、それは親しみのある世界だから居心地がよいだろうという、やや安易な選択の結果だった。そしてむしろ、小説のひとつも書こうという人間は、文学部など行かないほうがいいのではないか、と思っていた。文学には、外から非文学を豊かに持ち込むことこそが大切ではあるまいか。文学を研究して文学作品を書くということは、血族結婚のようなもので、それは文学をひよわく貧しい道へ追い込むことではないのかと考えていた。ぼくはできれば理系に進学したいというあこがれをもっていたようだ。だが、その才能に乏しいことはよくわかっていたから、その考えを実行することができなかったということである。

それで、野間宏が、長編小説を書くにあたって、まず「罪と罰」を詳細に分析したという話を聞いて、ちょっと驚いたことを覚えている。そういえば、中村真一郎も、マルセル・プルーストをよく読みこんで小説を書いたといわれる。かれらが戦後を代表する小説家であることを思うと、そういう道もきっとあるわけなのだろう。いや志の高い文学志望者は、みんなそういうことをしているのかもしれないと思った。

文学作品を読んでこなかったわけではない。そもそも小説という表現の形式を知ったのは、もちろん既成の小説を読んだからだ。そして小説を書きたいと思ったのは、まずそれらがおもしろかったからにほかならない。当時のぼくは、素晴らしい小説を読んでもまるで理解できなかったり、理解できないということすら理解できなかったりした。また一方ではつまらない小説を読んでとても感心したり、感激したりしてきた。つまり、そういう小説体験の総体において、小説というものに関心を抱いた。そして、自分を、小説と関連づけようとし、また、もしかしたら多少は関連づけることもできるかもしれないと思ったから、小説を書くということを具体的な日程にのせよう、と思うようになったのである。その過程はたしかに、作品の、理解・研究・分析という内的作業を、相当に不十分なかたちではあるがふくんだものであり、カタチからだけいえば、野間宏や中村真一郎と変わりはないことを、ぼくもしていたということになる。だが、そこにはやはりひとつのはっきりとした違いがあるように思われる。

このごろの若い作家の小説を評して、人の作品を鑑賞することを楽しまず、尊重もせず、ひたすら自分ばかりが大声を上げて歌いたがる、そういう〈カラオケ小説〉だ、といった人がいた。なるほど文芸雑誌の売れ部数の心細さと新人賞応募作品の繁栄ぶりを比較して見るときに、これはなかなか的確なことをいったと思った。

そしてしたがってぼくは、その分類に従えば、どうしたってカラオケ作家のほうに入ることになる。貧乏だったから、文芸雑誌なんか買えない学生生活を送ったせいもあるけれども、ぼくは毎月発表される小説をすぐに読む、ということはしなかった。また、話題の海外の問題小説をただちに手にするということもなかった。古本屋でたまたま安かったから買うことができた、という非体系的な、アナだらけの読書が、ほとんどだった。

それではよくない、などとは思わなかった。それよりも自分自身の危機あふれる実人生がどういうことになっていくか、ということで、頭はいっぱいになっていた。そのわが人生はどう条件付けられているものか。自分が文学から読みとりたいものは、この窮地に陥っている自分と直接反応しあうことができるものだけである。それがどこまで書くことに実利をもたらしたかどうかはべつとして、事実上の問題として、そういう切実さにおいて心をかよわせることができるものしか残っていかなかった。もちろんそれは、心身ともに余裕がなかった貧弱さといいかえることもできる。文学の勉強らしい勉強を意識的にすることはしない。そして、とにかく切実なことを、書きたいことを一生けんめい書く。少なくとも当人の意識は、そういう意識だった。

しかし、今のぼくも基本的には小説を書くということは、文学表現をするということは、そういうことであるはずだ、と思っている。ぼくたちは、日本文学のために小説を書くのではない。日本文化に貢献しようというものではない。書き出すということはあくまでも個人的なある切迫した事情によるものであって、それ以外のものであるわけがない。作家は、個人的なモチーフを成就させるために文学なり小説というフィールドに登場するのである。

だが、そこで若き日のぼくが書いたものはどういうものであったか、というと、それは乱読した戦後文学、とくに第一次戦後派の乱反射をあびているとしかいいようのない小説概念をもった作品だった。出発は模倣であるとよくいわれるが、ぼくは自分のテーマを成就させるために、あの特異に個性的というべき第一次戦後派の文体に無意識的に支配されていたということにおいて、例外ではなかった。

書き出す青少年にとっては、それまでに直接間接に出会った文学作品、あるいはかれをとりまくかその周囲の表現の風潮といったものが、〈小説〉〈詩〉などの概念なのであり、それから十分に逃れて出発することは難しい。ぼく自身は、主観的には〈カラオケ作家〉だったのだけれども、また純粋なカラオケ作家というものには、なかなかなれるものでないのだった。いや、言語というものが文化共同体という時間・空間をはらみながら成立している以上、そんなものはあり得ないのである。

北原白秋の評伝を書く、というそのあいだ、ぼくはさまざまなことを思った。日本近代詩の草創期、たとえば「新体詩抄」が刊行されたのは白秋が生まれる三年前のことであり、島崎藤村「若菜集」は白秋十二歳の明治三十年に現れた。このジャンル草創期の近代詩は、詩人として昨今のぼくたちのように〈カラオケ〉的であることを許さなかったはずである。若い詩人志望者は、明治という時代の表現の問題をほとんど当然のことのように受け入れ、その流れのなかで表現における自己発展史を形成していったはずである。当人は、今自分の外側で躍動し変化しつつある時代の表現に対してどれほど意識的であったか。それは必ずしも明瞭ではなかったろうが、詩の未来というものを感じ、それを先取りするということの若い痛快さをまずは楽しんでいた、といってもいいのかもしれない。

白秋は、少年時代に韻文界の鏡花といわれたこともあるというが、「明星」をへて、当時完成しつつあった日本近代詩における泣菫・有明などの象徴詩の継承者となっていく過程は、はっきりとしている。それは明治の文語詩の発展過程そのものと見えるが、第一詩集「邪宗門」を出す前の習作からのかれの表現の歩みを見ていると、同時にそれは自己の文学的なモチーフがどこにあるかを発見していく過程でもあった。

そして白秋が、詩において名声を確立したときには、もうその足元には、勃興してきた自然主義がいた。詩でいうならば、口語による民衆詩派がやってきて、やがて口語詩は大正期の趨勢となり、白秋は時代遅れの詩人になっていく。白秋のあとの詩的世代は、ようやく成熟してきた文語詩というものを省みることなく、その難解さをきらい、より気楽な口語表現による表現をとった。とにかく少なくともその時点ではそういうことが起こったのである。

民衆詩派の詩には、若さの魅力というものはあるにしても、それまでの文語詩の完成度ということを思うと、やはり雑駁であり未熟であるといわねばならない。表現というものは言葉である以上、言葉が磨かれていないときには、作者がどんな思いをこめようとも、通じないのである。言葉はそのとき内容である。

白秋がかれらを敵視したのも、明治文学の表現の責任をわかつものとしては詩の危機であり、当然ということになるだろう。しかし、ここで分りやすい例をあげてみればそれは、W杯の終わったあとの、新サッカーチームと考えてもいいかもしれない。ひとつの成熟と完成を見たあとのチームに比べれば、明らかに若い新チームはひ弱くて力も劣る。しかし、かれらはこれから新たなトレーニングをつむことで、以前の世代のチームが到達できた力を超えることが、あるいは異なった質の技を身につけることが、できるかもしれない。完成は限界でもあるからである。そしていつまでも文語詩の発展をねがうことはそのあとの歴史をみればやはりおかしいのであり、口語時の発展ということは必然なのである。

そしてまた、いつの時代でも文化においてのエコールの交代ということは続いていくものである。文語詩は難解なものになり、一般向きではなくなった。そういう享受者の側の欲求が現場に反映したともいわれている。となると、それはそのときの社会の文化のエネルギーの質・量のレベルがかかわっていることになる。

白秋という言語芸術家は、さまざまなジャンルにおいて仕事を発展させたし、そのいずれにおいても個性的だった。詩においても短歌においても童謡においても、そのひとつだけでも存在価値の大きい、めざましい仕事をした。言語の遺産をよく学び、それを、目を奪うような多彩な形で表現のなかにもちこんだ。それはかれの華麗な才能のあらわれである。

白秋は、大芸術家というにふさわしい人だと思うが、そのうちでぼくがもっともおもしろいと思うかれの仕事は、にもかかわらずやはりかれの肉体や実人生から噴き出してきたと思われるものになっていく。これは素朴な表現論しかわがものと出来なかった作家としての、ぼくのせいなのだろうか。

たとえば、ぼくが白秋というとすぐに頭に浮かんでくるのは、「思ひ出」であり、「雲母集」であり、「黒檜」である。時代の技巧を駆使した「邪宗門」に野心を見たり、若々しい詩人の力をまざまざと感じたりして、ぼくはこれを白秋の青春の記念碑として好ましく愛するものであるが、より素朴な生の実態に即していると思われる「思ひ出」の鮮烈な世界に白秋の存在を感じる。短歌も、つまるところかれが生の危機に陥っているときのものが、時の隔てを超えて痛切に共感する。

ぼくは自分がカラオケ作家だから、それでいいと居直るつもりはない。ましてカラオケ詩人としての白秋だけを認めるなんということでもない。白秋の文学は、日本語の時空をしっかりと生きた上でなりたっていることはいうまでもない。かれは空前の言葉遣いであって、その土台があっての素朴さであり、素直さであることをいわないわけにはいかない。

言葉の土台。ぼくは、それを豊かに築くことができなかった自分であることを、思わなければならない。しかしそれは今のこの年齢から自分を見下ろす行動である。そもそもどんな時代のどんな現実のなかにどんな個人的な条件を抱えて生き始めることになるのか、だれもわからない。

佐賀にいるカササギは、電線に大きな巣をつくるので、九州電力には悩みのタネだというはなしを聞いたことがあった。その巣は、たとえば、そこらの家にある針金製のエモンカケなんか徴収してきてやっつけたものだというが、いってみれば作品を作るなんていうのは、そんなようなものだ。手じかなところのありあわせのもので、とにかくとりつくろって作るよりないのであり、それが豊かなものならまことにけっこうだが、しかし貧しいものであるのなら、それはそれでしかたがない。わが身のつたなさを泣きながらそれでがんばればいいのである。

小説を書きだした頃のことから

文芸誌「そして」に連載されたエッセイ

ぼくは、新聞・雑誌などの筆者紹介で、（詩人・作家）とされることが多い人間である。で、そのぼく自身が自分をどう思っているかというと、正直いってよくわかっていない。当人は混沌としていて、ただ詩も書きたいし、小説も書きたい、と思ってきただけである。

しかし、まず詩人、ということではなかった。こどものころには、もうなぜか小説家と呼ばれるものになりたくなっていて、ぼくは小説のことばかり考えていた。自分の書いた小説が一冊の本となるときのことを思うと、胸がおどった。またひどく心をゆさぶられて、なにか強く思うことがあると、いつしか〈……とかれは考えていた〉と、自分のことを三人称におきかえてつぶやいたりする、ちょっとヘンテコなこどもだった。

もしかしたらそれは、文章語に自分の思いを置きかえてみよう、という試みをしていた、ということなのかもしれない。それほど小説という形式を模倣してみたかったのだろうか。少年時代のそういう思いこみは、ぼくの小説をより自由にするための制約になってきた、ともいえそうである。

文章を書くことは、最初は苦手だったけれど、ある時を契機にして次第に好きになっていた。ぼくは、あまりうれしくない現実を生きなければならなかったから、日常を生きることよりも空想の構築物に執着することの方が楽しかったのだろう。しかし、ことばに対しては、当然のことながら未熟だった。

ぼくはいろいろなものを読んだけれど、それは戦後文学はなやかなりし一九四〇年代の終りから五〇年代にかけてのころである。敗戦直後の小説は、それまでの日本近代文学の伝統から切れていて、たとえば椎名麟三や野間宏のように観念的で深刻で、文体もまた現実のあらあらしさとともにあるものだった。ぼくが高校生のときに書いた小説も、いわばそういう文学の乱反射のもとにあった。それはいわば思いのたけをぶつけるために、さまざまな言葉を乱暴に使いまくるというていのものである。ぼくは、ものがたりの筋よりも提示するべき観念や考察にこだわり、大仰で乱暴な言葉づかいをしたから、もしこれを今、高校生の作文コンクールなどに出したとしたら、たちまちおとされてしまうことになるだろう。ぼくは粗野で背のびをしたみっともないものを書いていた。

高校では戦後の詩にも出会った。自分の書きたいことが、詩のことばではまるで書けないことにおどろいたのも、ことばとの出会いで起こった事件だった。それで、詩のことばを書いたり読んだりするトレーニングをすることになったが、その過程で、日本語の性質について若干体得するところがあったように思われる。

たとえば、ことばには自らさまざまな質の系列があるというようなことである。たとえばA系列の言葉を使うときには、A系列をうまくのびたりちぢんだりしながら進むのが原則であって、意識的に操作してそれに反逆するとき以外は、それにしたがった方がいい。そしてもちろん、ひとつひとつの単語の深さ広さの範囲、姿勢や角度をつかむことも大切である。意図したものをなるべく正確に伝えるためには、そのことばの質と量をよく知ることがまず必要なのだった（もしぼくが俳句や短歌をやっていたら、ぼくのことばはどうなっていたか、とも思う）。

ぼくがなんとなく時期を感じて、行きづまってしばらく休んでいた小説をふたたび書き出したときには、だから、ぼくの散文もまた高校生のときとは変わっていた。それは、もしかしたら批評的な文章を書くということや、新聞のコラム的文章（二枚半あれば何でも書けると教えられた）もずいぶん書いたこと、そうしたそれらの綜合の結果というべきなのかもしれない。児童文学作品の数冊も関係があるかもしれない。あるいは他者のさまざまな種類の文章を読むという並行的な体験もある。

しかし、詩においてことばを選ぶ作業というものは、その中でも、もっとも意識的であることに疑いはない。詩のことばのように純度の高い質で散文を書くことは不可能（読むことも不可能）だが、その作業で体得したものは散文表現においても確実に力となってあらわれてくる。

幼いぼくが小説を書きたいと切にねがっていたのは、第二次大戦終了直後の中国東北部での日本人の難民たちの体験のためだった。もちろんそれは、とりもなおさず当時十歳だった自分自身のことと自分の家族がその混乱をどう生きたか、ということである。これはどうしても書いておきたい、とこどもも心にも強く思ったので、中学二年のときに、上級生たちが出していたガリ版刷りの同人誌に冒頭部分だけを書いた。それが初めの原稿である。それはもちろん、少年の体験記以上のものを出ない素朴でたどたどしいもので、書いた当人もこれではしかたがないなあ、と思った。

しかし、ぼくはその体験を捨ててしまうことが出来ず、小説への試みが行きづまっていた大学を卒業したころ、また再びアタックを試みてみよう、とした。しかし、そのころのぼくは、少年時代よりも社会的、歴史的によりひろがった視野でその体験を見なおすことが出来るようになってはいたけれども、それは必ずしもいい結果をもたらさなかった。その時代における社会的概念的な風潮というものにぼく自身がそまっていたからである。

たとえばあとになってみると必しもそうはいえないのに、その時は大抵の人間には絶対的に正しいとしか思われない考え、というものもある。ぼくは若かったから、そういうことをよく咀嚼して自分の考えをつくり出すことができなかった。この小説の場合としては、たとえば日本人は中国で何をしたか、それにはどういう歴史的責任があるか、というような問題もそのひとつである。

そこにはたしかに基本的な問題がふくまれていて、それは今なお問題にされなければならないものであることを認めるが、しかし一つの作品を描くときに、或る時代の社会の考えの枠にとらわれていて、その概念的な視野から切っていくことになってしまう、ということにつまずいた。かつては植民者としてふるまっていたとしても、敗戦のために投げ出されてしまい、とにかくオロオロと生きている、今は無力な人間たちの現実なのである。ぼくはそういう問題に充分に意識的にはなれなかったが、筆は正直ですすまなかった。書き出してはみたが、すこしもおもしろくならず、じきにぼくはペンを投げた。

三度目に試みてみたのは、三十五歳を過ぎてからのことである。それはのちに『砲撃のあとで』という一冊の作品集となったものであるが、ここでぼくはいままでの試みの障害をとりのぞくためにこの世界から固有名詞をはぎとる、という操作をしてみた。

場所はどうやら東洋であるらしいし、それも中国であるらしいが、地名は一切ない。商品名なども隠されている。時代も現代ということがわかる程度である。戦争が敗北に終って、植民地に住んでいた支配国家の植民者たちは、悲惨な運命のままに生きながらえたり死んだりする。それは戦争が終ったあと、地球上ならどこでも起り得る状況である。固有の歴史や社会から一応切りはなして、抽象化したいわば象徴としての状況を、しかしそれを出来るだけ細部にわたって書き込んでいくこと。特殊を普遍にすること。そうすれば、善とか悪とかいう大所高所からの、ときには政治的であるとか道徳的であるとかいってもいいかもしれないような判断から、作品世界を、ときはなってやることが出来るのではないか。

それでは、それがどこまで成功したかといえば、それはやはり心もとない、というしかないようなものだろう。少なくともぼくはその操作によって、共に同じなまなましい体験をしたかなりの読者を遠ざけてしまった。しかしぼくはその時、それでようやく書くことが可能になったのだった。

そしてここでぼくが体得したことのひとつは、小説というものは、書き出すその時点の選択によってそれぞれ性質の異なる作品となり、素材それ自体には決定性はない、ということである。この、時点、というのは、その作者の精神のその時のあり方と時代や社会のもつあえていえば風潮的支配的空気である。いずれもそれらの要素は大きく働く。作品はそういうもの同士がいかに格闘するか、またいかにかかわり、のりこえ、自由をつくりだすか、という上に成り立つ。それはその時点によってちがう結果をもたらす。

ぼくが七十二歳の今、もう一度『砲撃のあとで』を書けば、どうなるだろうか。それは違った相貌の下に成立することは疑いない。しかし今のぼくは、三十代後半のあの時代に自分の小説の出発点として『砲撃のあとで』が、あのような形で成立したことを、一番よかったと思っている。

文学者の認められかた

文芸誌「そして」に連載されたエッセイ

小説や詩をけっこう長いこと書いて来たが、書くにあたって自分はどういうふうな人間であるのか、ということを、ぼくはいつも心のどこかでだけれど、思っている。文学の世界を生きる人は実に多様で、自分のありようとはまったくちがう人たちばかりであるとも思われるので、自分が文学者なんかになろうと思うのは、そもそも誤りなのかもしれない、と思ったこともある。

事実、人づてに少年時代の友人に「三木に文学なんか出来るのか。あいつのようなタイプの人間に」といわれている、というのを耳にして「ああ、やっぱりそうなのか」と思うこともあった。ぼくは、あんまり文学者らしい態度や行動をしない、できない人間なのかもしれない。

なるほど、詩人、作家には、珍談、奇談があり、世の常識から大きくそれた言行録がいくらも残されている。ぼくだって非常識な行動をとるけれども、その程度のものをはるかに超えた派手なおはなしが、山ほどある。

おもしろい話はともかく、なかにはこれはどうか、と思われる人物もいた。たとえば、ぼくにとっての中原中也は、その一人である。中也という現実の人間のことを知れば知るほど、ぼくは不快になった。もし中也が同じ学校のクラスにいたら、ぼくはいつも、かれに会うのが気が重くてまいるだろう。中也は生意気で、ぼくのことをボロクソにやっつけつづけるだろうし、恋人をうばいとっていくかもしれない。それでいて借金はエンリョなくもうしこまれそうだし、貸したら最後、ぜったい返してもらえそうもない。

もっともまいるのは、かれは才能があることを、かれ自身が意識するしないにかかわらずぼくに見せつけ、ぼくはその華やかさの前に委縮し、それを屈辱と感じるだろう、ということである。ぼくは、ぜったいに中也とは友人になれず、もちろんなりたくもなく、かれを遠ざけて暮らすだろう。

だれにかぎらず、偉大な文学者といっしょにつきあってくらす、ということを考えると、そりゃあとてもムリだな、と思うことが多い。どいつもこいつも、現実生活のなかではえらくタイヘンな連中であって、ぼくはハムレットにおけるホレーショーには、とてもなれそうにない。(おまえだってけっこうタイヘンだよ、と、ここでだれかがいってくれてもいいのだけれど……)

しかし、おどろくべきは、そういう大変な連中相手でも、女性というものは、男ともちがって、少くとも異性に対しては、相当にタフであって、むしろワガママで自己に率直な作家の方が、よき女性に恵まれる、という傾向すら感じられて、これは自分のことをお行儀がよい、と思っているぼくには、不審に堪えないことである。わたしの知りあいの或る女性は、わたしがオゾケをふるわざるを得ないような冷淡な口調で、他人をせせら笑う男のことを「好きです。あの人」と告白した。きわめて博識でしたがって相当不遜だと思われる態度の男が、実は女子学生にしたたかな人気があって、しかも「可愛い」などといわれたりしていた。こういうことは、あってはならないことだ、とぼくは思うけれども、男と女とでは、見るべきところかちがうせいか、幸か不幸か、好きになるタイプの異性はちがうのである。

女性の作家にもランボーだったり大胆だったりする人がけっこういたけれども、そして今もいるかもしれないけれども、これにも忠実につきしたがっている、誠のある男性がいたりするもので、それはそれでうまくできている、ということであろう。人は、なるべく孤独にならないような仕組みのうちに生きている。女にもてすぎる男は、男のあいだでは信用されないこともないではないが、にもかかわらず女には恵まれる。男にやたらにもてる女も、女のあいだでは人気がないことが多い。そしてもちろんどっちにももてないで、絶対的孤独をつらぬいていく徹底的な人物がいる。

話をここで文学者の問題にもどせば、かつてのぼくは、島崎藤村には批判的だった。それは、かれが小説を書き出したとき無理をしたので、こどもを病気にしたり、なくしたりした、ということや、姪とのかかわりがあった、というようなことによるものである。姪事件の方はともかくとしても、小説を書くためにこどもを犠牲にしたというのは、よくないことではないかと思った。つまり、文学はそういう犠牲にあたいしないものだ、と思ったのである。

太宰治の場合もそうだった。かれが、幾度か心中を試みたということは不可解である。まず一度失敗して片われを失ってしまった、ということがあれば、二度目はちょっとしにくくなるはずであるが、かれの場合、最後の死もまた心中だった。これは、ぼくにはうまくなっとく出来ないことだった。

「おれは、あんなことをするやつの文学は、ぜったいに認めないぞ」

というのは、文学青年仲間のあいだではしばしば叫ばれることばだが、これはおそらく率直な思いの表明であることが多いだろう。どうしたって許せないようなことをしている者が書いたものが、人の魂の力になるはずがないではないか。

石川啄木が借金が上手で、金田一京助はずいぶんやられているとか、盛岡中学の同窓生たちもいろいろ迷惑かけられたとか、そういうはなしも有名である。いうまでもなくぼくは藤村とは身近かな交友のなかった人間だから、眉をひそめているだけですむが、啄木と鼻をつきあわせていた金田一京助や盛岡中学の同窓生たちはたまらなかっただろう。みんな相当頭に来たはずである。盛岡中学の同窓生たちは絶交をしたという。金田一京助はそういう啄木を容れる余裕と愛情を持っていたというが、盛岡中学の同窓生は、それからも啄木の文学を認める気持にはなかなかなれなかっただろう。こんなふうに、その作家とともに同じ時空を生きていると、よほど人徳（こういうときにも人徳はある）のある場合をのぞいて、あいつは……といわれてしまうことがある。

それが、時が流れると、だんだん直接の被害者がいなくなるせいか、人は次第に寛容になっていくものである。そういう性質の作家は、人目を惹くようなおどろくべき行動をしたりするわけだから、それは無関係な第三者には単にフシギだったり、おもしろかったりするわけである。内田百閒が借金の名人で、いつも債鬼に追いかけられていた、とか、かれの列車旅行は列車に乗ることが目的で、したがって到着すると次の列車でただちにもどってくるなどという行動は、それだけとり出してしまうと、愛嬌すら感じる。しかし、この人と直接親愛なる関係を維持して生きることが出来る人は、あまり多くはないだろう。

フシギだったり、おもしろかったりするうちに伝説化されて、文学者ものがたりが形成されていく。多くの、世にある文学者ものがたりや文学史の本は、その作家が有名になってしまったのちに書かれるので、文豪になってしまってから社会よりもらった権威を、あたかもその作家が、無名の青春時代からずっと持っていたかのように記述されていることも、しばしばである。少なくとも、そういうものを読んでいた少年のぼくは、そう誤解していた。

しかしもちろん、そういうことはない。中原中也も宮沢賢治も、無名にひとしい状態で亡くなった。かれらが資産家の家に生まれたということがあって、それが行動力のもとであったり、条件のひとつであったりするということはたしかにあるが、いったん家をはなれて世間の荒波に出てしまえば、一人の無名の文学青年であり、つまるところやくざ者と見られるばかりであり、かれらの死後に得た栄光は、かれらが目下行く道を輝かしてはくれなかった。その結果、宮沢賢治は故郷を離れて自立することが出来なかったし、中也は放浪者的人生を送り、二人とも早逝せざるを得なかった。

文学者ものがたりでは、すべては天才のたどるべき道として、おもしろおかしくなり、悲惨もまたドラマの味つけとなるが、実際に社会のなかを生きた作家、詩人にはもちろん何の特権もなく、素肌に擦過する傷痕をきざみつけながら歩いていった、ということにすぎない。

今のぼくは、名声もあり興味もある芸術家のことをいろいろ思うとき、「おれはあんなことをするやつの文学はぜったいに認めないぞ」と叫ぶことは、まずなくなった。「これは、まあ」と眉をひそめることはあるとしても、だいたいはそれですませることができるようになっている。それは多分、ぼくが七十をすぎた、ということがあるだろうし、目下、かれらとじかに交友をしていない、ということもあるだろう。今やぼくは、自らの青春からもどんどん離れていっているわけで、そういう生気あふれる修羅場が、むしろ恋しくなっているほどだ、ということかもしれない。

しかし、同時にまたぼくが思うのは、今の場からすると、それなりに人の生きるかたちというものを俯瞰することができるようになっているから、ということもできるかもしれない。そして、今読むと、それぞれの書き手が、そのときかれとしてはこう生きるよりなかった、という気迫が実感されて、そのなまなましさに説得される、ということもあろう。こんなすごいことを書いているんだから、それでいいじゃないか。これを自分たちの財産としてわれらのものとすればいいじゃないか、という思いである。

そうなると、これは書き手の手をはなれて、表現そのものが、この文化の共同体のものとしてとりこまれる、ということになる。とりこんでしまえば、極端なことをいえば書き手のありようなんかがどうであろうと、そんなことはどうでもいいじゃないか。つまり文化の共同体のエゴイズムが優先する、ということにもなる。

それはそれでひとつの考え方だが、そうなると今度は、文化の共同体のエゴイズムこそ、文学評価の最重要な軸か、という疑問もうかんでくる。つらつらおもんみるまでもなく、文化の共同体が必要としなかったために失われた文学遺産にもまた、貴重なものが当然多々あっただろう。それがどういうもので、どう貴重だったか、という議論は、これから先のことにするとしても。

話がずれてきてしまったので、このへんで止めたいと思う。しかしまた、ぼくが「おれはこんなことをするやつの文学はぜったいに認めないぞ」と思ってきていて、今もなおやはりそう思いつづけるしかないと思っている場合もない、とはいえない。これを今後のわれらの文化の共同体はどうとりあつかうことになるか、ぼくはそれを見ていたいと思う。

ああ、ジョン・レノン

「ビートルズ」のジョン・レノンがなくなったのは一九八〇年だから、もう三十年という年月が流れた。そのときかれは四十才だから、生きていれば七十にならんとしている、ということになる。

四十でなくなった人は、いつまでたっても四十である。八十二でなくなったレフ・トルストイは、白ひげのおじいさんであるが、三十でなくなった中原中也は、いつまでたっても可愛い帽子をかぶっている。

秋になると、うちの娘が「大散財をした」と告白した。「何だい」と聞くと、

「ビートルズのCDを買いなおした」

という。それはどういうことだ。

それは、今までの既発売のレコードを、全部まとめたものが売り出されたからだ、という。全

部持っているのだが、今度のも買わなければならないのだ、という。今の技術で、昔のLPをより良く〈リマスター〉したもので、モノーラル盤とステレオ盤がそれぞれボックスになっている。それぞれに独自な意味があるらしい。つまり二つのCDボックスになって売り出された。何でも七万六千円だという。

娘は長年のビートルズ・ファンで、全曲をそらんじていかねないようなところがある。

「あきれたもんだ」

と、ぼくは思わずいってしまった。ところがどうやら、それはちがったらしい。反応は大変なもので、世界中のファンがとびついた。日本では発売日(世界で統一)になる午前零時に、店頭にならんで買ったという連中まであって、日本だけでも幾万という人が、二つの〈黒箱〉と〈白箱〉とを買い、また単品でもさらにどんどん売れて、今やTOSHIBAは、大よろこびしているのである。

ビートルズのマニアは、たしかに相当なものだ。たとえ同一の曲であっても、今度の盤ではベース・ギターが強調されているとか、このテイクではピアノのパートだったところがギターになっているとか、細かいところまで聞き比べて、雑誌などで論評している人も珍しくない。汗牛充棟、研究書・解説書のたぐいも実に多い。シャーロッキアンという人々が世界中にいるが、ビートルズ・フリークも今やひけをとらない。ビートルズのやったことは、細部まで調べあげて、世界中で知りあっている。

ぼく自身は、一九六〇年代の終わりごろからビートルズを聴くようになり、ぼくなりに楽しい思いをした。かれらはぼくよりも五つ以上年下なので、いわばすこし遅れた聴き手である。いわゆる〈白ジャケ〉という二枚組のLPが出たころだ。生意気で愉快なところと、純情なところがまじっていて、反逆的でありながら古典的なところがないではない、とおもしろがっていた。

今度のCDボックスは、かれらと同世代、つまり団塊の世代のおじさんたちが、走っていって買ったのだろう。だいぶ高いが、かれらは定年でそれなりのお金はもっているし、なんといっても自分の青春がつまっている。一方、おばさんたちは、娘時代にはおじさんたちよりもはるかに熱狂していたはずだが、うちの娘が買って来たにもかかわらず、ぼくには彼女たちが、CDボックスにとびついた、という気は、なぜかしない。彼女たちは、もうとうに卒業していて、他の現在の対象をおもしろがっているのではないだろうか。

ぼくは、三十代の半ばというときに、いちばんかれらにかかわっていた、と思うが、それからのわが人生は、それどころではなくなってしまって、あまり熱心に聞いていられないようになっていった。しかし、このCDボックスさわぎをきっかけにして、なつかしくハンター・デヴィスの『ビートルズ』なんて本にかかわったことを思い出したりしたので、今手元にあるものに目を通したり、聞いたりした。

まず読んだのは、ジョン・レノンのインタビューで、『ビートルズ革命』（片岡義男訳、一九七二・草思社）である。ぼくはこの本が出たころ、たしかに読んでいるのだが、正直いってあまりその内容に好意をもっていなかった。ぼくはそのころ、ジョンよりも、むしろポール・マッカートニーの方が気に入っていたし、ジョンはいささか乱暴で、かれの力量にはポールをしのぐものもあると思ったけれど、グループもそのためにこわれたような気もしていた。この本も、ジョンはいいたいことを勝手にいっている、という印象だった。同時に、こんなことまでいっていいのか、ここまであえていうのは、世間に対して少々危険なのではないか、とも思い、ジョンのあり方を危惧してもいた。

その心配があたったのかどうか、わからない。けれどもジョンは、それから八年ほどしてファンの青年に殺されてしまった。ぼくはそれほどおどろかなかったが、それは、かれの言動はそういうことを誘発してもおかしくない、と思っていたからだった。

四十年近くたって、この本を読みかえしてみておどろいた。ジョンは、カッコつけたりエラソーにいったりしているのではなかった。ここに書かれていることは、みんなジョンの、心からの正直な気持である。

たとえばかれは、「自分が漁夫かなんかになれるのであれば、取り消しますね。いまの自分以外のものになれる能力が自分にあれば、これまでの自分は、取り消しますよ。アーティストであることは、すこしも楽しくないですからね。わかるでしょう。たとえば、ものを書くにしても、楽しいことではなくて、責苦(せめく)ですよ」(九ページ)といっている。ぼくはおそらく、かつては、こういう言葉を、「ふん、ジョンもまたいっている」と思って、芸術家にありがちな、とおりいっぺんの自己顕示であると読みすごしていたのではないか、と思う。当時のぼくは、まだ出版社を辞めたばかりで、これからどうして生きていこうか、と、少々おろおろしながら思っていたところだった。ビートルズのような輝かしい存在にあるものが、そんなことといったので、きみたちはなりたくてなったんじゃないか、それで何の不平がある、すこしぐらいはがまんすべきだと考えたはずである。

しかし、それがそうではなかったのだ。今度、この本を読んで、ぼくははっきりとわかった。ビートルズは、リヴァプールの四人組であるが、かれらが、一九六三年にヒット・チャートに顔を出してからというもの、あっというまにかれらはかれらではなくなった。かれらの身近かにいたブライアン・エプスタインやジョージ・マーチンのような人々は、かれらとかれらの音楽を考えてくれていたとしても、ビートルズを、こいつは具合のいい金もうけの種だと思った人々が、どんどんまわりにあつまって来て、かれらは、そのみんなの金もうけのためのマシーンになってしまう。そのため、かれらはしたくないことをし、くたくたになり、多くの屈辱を味わった。ジョンはこういっている。「いろんな人が私を取り囲んできて、ただ酒や女とかそういった快楽に便乗しようとしてくるので、自分もそのままつづけることになる。みんな、便乗したがるのだ。『サティリコン』だからね。そして、ぼくたちが、シーザーだった。なん百ポンドというおかねが、私たちをとおしてかせげるとき、私たちを打ちこわそうとする人がいるだろうか。あらゆる買収や賄賂がおこなわれ、警察が抱きこまれ、ありとあらゆるごまかしがある、という世界がそのまま保たれていく。誰もが仲間に加わりたがった。いまだに私たちにまといつこうとする人たちがいるのは、そのためだ」(二二九〜二三〇ページ)

そうだろうと思う。ジョンは、そういう中で悲鳴をあげている。かれは、充分に自分を押さえることができない性格だから、正直にありのままをいってしまう。ときにはまちがったかもしれないことも、だまっていれば人を傷つけなくてもすむようなことも、いってしまう。これは正直すぎる本だ。ぼくは、こんなにありのままに語ってしまう、アーティストの言葉を読んだことがない。かれが漁夫になりたいといったのも、この瞬間の真実の声であることを疑わない。今の自分のありかを、充分に大事なものだ、と思っていることも、同時に真実であるとしても。

ジョンは、デビューしたとき、眉目秀麗な青年だった。美男揃いのビートルズのなかでも、ノーブルな美しさにおいてひときわ目立つ青年だった。それが、一九六三年のことである。そしてこのインタビューが、ビートルズが解散して、ジョンが「ジョンの魂」(PLASTIC ONO BAND)という、自分だけのアルバムを出した一九七〇年である。その間、わずか七年しかたっていないのにはびっくりする。

たったの七年で、ビートルズの活動は終わった。そしてそのあいだに、ジョンはどんどん変貌していき、たちまち陰気なヒゲぼうぼうの中年男になってしまった。このインタビューのとき、かれはまだ三十才である。これが三十才の顔だろうか。それはかれが、えらい思いで生きなければならなかったからだ。人の世界のどまんなかは、おそろしい。

娘から「ビートルズ・アンソロジー1」という二枚組のCDを借りて聞いた。最初に「Free as a bird」という最新曲が入っていて、これは、ジョンが残していった、一九七七年のオリジナル・テープにあった歌に、一九九四年に、残りの三人が参加して、〈加工〉して仕上げた曲である。今は制作にあたって、いくらでも手を加えることができる時代だが、かれらはみんなして、とても苦労や工夫をして一曲に仕上げた。迫力のある、というようなものではないが、かれらが身につけた、技術をもってすれば、こういう世界を立ちあげることが出来る、と感じさせる。

その次のチャンネルは、かれらの一番最初の出発点にもどってはるか一九五八年、まだビートルズではなく、クオリーメンと名乗っていたころ、リバプールの町のスタジオで録音した78回転レコードの演奏である。すべては、この不明瞭な遠くから聞こえてくるような音からはじまった。一九六二年にデッカに応募して駄目だった時の演奏もある。解説によると「ラヴ・ミー・ドゥー」で、ジョンはハーモニカを吹かなければならなかったので、突然ポールがリード・ヴォーカルを歌うことになり、ポールはナーバスになったとある。大ヒットの直後のテレビ番組での「アイル・ゲッツ・ユー」では、女の子たちのキーキーいう昂奮した声がすごい。

このころのビートルズは、すでにステージの猛者になっている。本当にそのままの演奏ということでは、今や素朴といわなければならない時代になっているのだけれど、実に生き生きしていて、女の子たちが失神した、というのもわかる。アンサンブルはみごとで、即興性もすばらしくて、若くて、元気で、やる気十分だ。このかれらには、これから先、どんなことがやってくるか、まだわかっていなかったろう。期待と無我夢中と緊張と不安だけがある日々だったろう。

ジョン・レノンの三十才のときのインタビューを、はじめぼくは三十七才ぐらいで読んだことになるが、ジョンは、もう見るべきものは見てしまって、相当にまいった中年男になっていた。一方、ぼくは、といえば、まだ、詩集を一冊、出したきりだった。ぼくがジョンの気持を、当時わかってやれなかったのは、そういうことだろう。幸いというべきか、ぼくは幾十万も売れる小説家にはなれなかった。書くもの書くもの超ベストセラーになってきた作家は、きっとぼくよりも、はるかに痛切にジョンの心境を理解してやれるだろう。

最後に一言、つけ加えると、ジョンがビートルズから解散されてから出したソロ・アルバム『ジョンの魂』には、胸をつかれるような名曲がいくつかはいっている。コマーシャルな世界からともかく離脱して、本音を出した。そのひとつ「マザー」は本当によかった。

八公（はちこう）の神さま

こどものころから、心配だったことがあった。それは、ぼくたちの生きている世界には、どうやら際限がないらしい、ということである。

この宇宙が途方もなくひろい、ということも、現在よりもっと小さなものしか想像出来ていなかったけれども、それには気づいていたし、ある程度、それはほんとうらしいと思うようになっていた。しかし、宇宙の大きさというものは、つまりどういうことをいうのだろうとも思っていた。つまり、ここまで宇宙であるとしたら、その外は何であるのか。もしぼくがコボレちゃったら、どこへいくのか。

落語で、ご隠居さんが八つあんに追いつめられる宇宙論があって、ぼくはいつも八つあんに共感していた。つまり、人が〈どんどん〉歩いて行ったらどうなるのか、ということで、受け太刀になったご隠居さんは、「そこには柵があって、もうその先へは行けねえ」とか「もうもうたる状態でどうしようもねえ」などという禁止をもちだして、〈どんどん〉の質問連射を封じこもうとするのだが、八つあんは「そこを乗りこえていって」といったふうにさらに強引に前に進もうとして、ご隠居さんを困らせる。

地球は球だから、地表の問題としてこの〈どんどん〉を考えるならば、それはどこまでいってもいいわけだけれど、この問答は、どうやらそういうことではない。〈地獄はどこにあるか〉というようなものでもないようだ。八つあんの知りたいことは、やはり世界の構造であり、少年のぼくと同じ気持なのである。

ここまでが、われわれの宇宙です、ということになると、じゃあそこから先はどうなっていて何ものであるのか、その何ものは、どこまでひろがっているのか、そしてその何かが終わっているところがまた来るとしたら、ではその先はどういうものになっているのか……と、小学生のぼくや中学生のぼくの〈どんどん〉は続いた。戦争が終わろうと平和になろうとおなかが空こうと続いた。

本を読んでも、そういうことについて正面から言葉として書かれているものに出会ったことはなかった。だれだって気になることであるのに。

ぼくの少年時代というと一九五〇年代前後というころだから、それはしかたなかったのかもしれない。今ならだれでも知っている〈ビッグバン〉は、ジョージ・ガモフが、それまでに仮説として提唱していたはずだけれど、だれもあまり本気になってくれる人がいなくて、六〇年代に入って〈ビッグバン〉の痕跡が発見されたときには、もうガモフの仮説が、まずあったことは、忘れ去られていた。まして、ぼくが知っているわけがなかった。

ぼくら少年が、恐怖のあまり天文学の啓蒙書をペラペラ繰っても、天地はどういうところから来ているのか、このまま永遠に同じ姿でありつづけるのか、なぜ、こんな世界になんのためにぼくらの人生があるのか、知りたいことはだれも教えてくれなかった。また、人の認識自体もまだ、少なくとも今よりかなり手前にあった。

ぼくが書いていることは、素人の誤解が多いので、そういうもんだ、と思って読んでいただきたいのだが、時空なんてノッペラボーのものは、つい最近まで手がついていなかった。今だって、さまざまな推測、仮説の域にあることばかりで、どれがどうなるのやら見当がつかない。しかし、いろんな考えが出て来て、爪をひっかけることが出来てきた、ということは確かで、二十世紀後半の天文学の進歩というのはめざましい。

たとえば、〈ビッグバン〉が提唱されるようになった。これによると、ぼくたちのいる空間は約一三七億年前に、或る条件下によって偶然なのか必然なのかわからない〈ゆらぎ〉によって、生み出された。それもすぐにモーレツなスピードになってふくらんだ。ふくらむ、というと風船など思ってしまうが、実は光速度なんか問題にならないほどの猛スピードだったということらしい。

物質の移動は、光速度より速くは出来ないという法則（ヘンな例外があってこれもモンダイらしい）があるので、ぼくはそれを知ったときとてもおどろいたが、空間は物質じゃないから出来るのだ、ということらしい。

〈ビッグバン〉の理論は、宇宙創成直後の変化の目盛りが、モーレツにメチャメチャに細かくて、思わずホント？　と訊き返したくなるし、別の、宇宙はいつも同じだ、という〈定常宇宙論〉が片方にあったので、にわかには信じられなかった。だいいち、どうして爆発なんかすることが出来たのか。どう考えたってヘンじゃないか。学者は斥力が発生することになる、というけれど。

しかし、その後、観測や実験を重ねていくうちに、〈ビッグバン〉は、ますます正しいということになった。今や〈ビッグバン〉を信じていない物理学者なんかいない。

そうすると、時空にはじまりがあった、というひとつの答えが出て来た、ということになる。一三七億年前に時計は動き出し、空間はふくらみはじめた。じゃあ、それはどこから生まれたのか？　その前は、永遠なるものなのか？　〈ビッグバン〉が正しい事実だとしても、それはやっぱり〈どんどん〉のたてふだや〈もうもう〉にすぎない。

本を見ると、真空のような何ものかがゆらいでいて、その中から泡のように空間が生まれた、という。空間が生まれるというのは、正のエネルギーだろうが、それがどんどんふくらむというのは、ますます正のエネルギーを吸い出していることになるから、武富士（たけふじ）*的に考えれば、どこかわからんところでマイナスが増えているはずだ。「宇宙は究極の無料のランチだ！」という人もいて、そうなるとわれわれ人間も借金の所産であるから、いつかはこの時空が清算されて無に返るときには（無に返るように思うのだが）、われわれを構成していた原子も無になる、ということだろう。そうすると〈どんどん〉も〈もうもう〉も、仮の姿だからどうでもいいということになる。

あっちこっちでゆらいでいるので、実は、宇宙なんていうものはゴマンとあって、その中のひとつがわれわれの宇宙だ、という考えも、珍しくない。といっても、それらの宇宙に生物がいるという保証はないし、そもそも物理の法則が同じであるかどうかわからない。

真空のような得体の知れないものがゆらいで時空が成立していく、ということを、いっしょうけんめい想像したことが、幾度かある。はじめはうまくいかなかったのだが、だんだん馴れてきたのか、その気分がわかるような気がして来た。それは言葉にしてはうまくあらわせないのだが、つまるところ〈この世はなかった〉という方が自然で、〈この世は今あっても、ある方がヘンだ〉という感触だったのだ。

この世は無常だ、とか、人ははかない、などというが、そうではない。そもそもこの世はなかったのであり、たまたま生成したけれど、それは、あったってなくたって、どうでもいいものとして、しばしある、という形をとっているだけなのだ、という思いがわきだしてきたのである。

しかし、時空を生みだした、そのもとになっているものは何だ？　それは〈無〉ということになるが、その無はどういうところにどうあって（という言い方はヘンだが）、そもそもどういうことになっているのか？　本当は、「無」もふくめてすべてなんにもナーシ、というほうが、サッパリしていていいんじゃないか。なんで、銀河だのブラックホールだの、人間なんていうものを作って遊んでしまうのか？

これは人間から見るからだろう。人間は感覚器を脳に連動させてものを認識しているが、その五感だけで、この世界を完全に把握できるわけがない。

たとえば、視覚は、光という電磁波のある範囲を感じることである。人間は、それに気づいて、他の電磁波も器械をつかって観察したり、それを利用したり出来るようになった。光学望遠鏡だけでなく電波望遠鏡を活用しているのはその顕著なあらわれである。

持っている感覚を、そのように延長・拡大して、人間は認識をひろげていった。自然科学の発展は、その上にある。それは同時に、人間の感覚器のまったく感知しない領域を知るということは出来ない、ということになる。

それは、さしあたりこの地球上で生活していくときに、わからなくても大丈夫、ということで、サボった、というか、必要ではないので、発展させる必要がなかった、ということではあるまいか。

たとえば、われわれは、ニュートリノに四六時中貫通されっぱなしというが、それを意識したこともないし、ガンの原因になる、という説も聞いたことがない。ニュートリノの存在とか質量

（ごくわずかにある）は確認されたけれど、それも、ぼくから見れば、まあよくぞ存在に気づいた、ということである。量子物理学は理論と、異常な状況をつくり出す巨大な器械で実験して、人間の感覚器に屋上屋を架けて、いろいろなことを知り、もっと知ろうとしている。
物理学は、マクロもミクロも、すごいことになっていて、天文学もこの地球から観測するということを基にして、おどろくべき推測的認識に到達している。よくこんなことまでわかるもんだ、とぼくは瞠目する。

しかし、それが理づめの緻密な連続の上にあって、それなりに矛盾のないものだとしても、それが人間の肉体的条件の上に組みたてられている、という限界に変わりはないだろう。われわれを包括する状況についての認識には、ポカンといくつも穴があいている可能性が大いにある。われわれはまったく誤解しているかもしれない。人間には人間の限界があって、ヘーキで生きてきているのかもしれないし、またそれで充分だった。
しかしもっともっと高度で多様な脳や感覚器をもっている生物がいたら、ナーンダなのかもしれない。そういう生物から見たらわれらの宇宙なんか、カンタンにわかっちゃうかもしれないのである。

この地球上の生物として、時空四次元の世界しかぼくたちは知らないが、多次元の世界の生物だったら、ナーンダ、なのかもしれない。しかし、この四次元時空間という時空以外のものが、そもそも存在するのか。あるとしたら、それは異宇宙なのか、われわれの宇宙内なのか。どうやったらそれを知ることが出来るのか。

次元が多い異世界、というものについて人は考えている、ということを知ったのは、まだぼくがいとけなきころ、海野十三（うんのじゅうざ）の少年科学小説の世界で、そのときは驚倒したものだった。のちになって、それはアインシュタインの時代にすでに問題になっていたことを知った。今や物理学者はそういうことをまじめに信じているばかりか、このわれわれの世界の解釈において大いに利用しようとしている。たとえばヒモ理論がその典型で、そのアイディアに思わず、ヒザをたたくが、しかしどうしてそんなに沢山の次元が要るのか、厳密にそれでなければならず、それ以上でも以下でも困るのか、そういうところは、難しい計算のわからないぼくにはわからないが、もしヒモ理論が正しいと証明されたら、われわれは、そういう現実に生きているということになる。

現代の科学がやっていることは、人間の現実的条件をどこまで拡張・延長して、不可視であったことを可視化するかという、涙ぐましいような努力である。そしてその結果、見えてくるのは、ますます大きくなって来る虚無だ、と、ぼくは思うし、たぶん多くの科学者もそう思っているだろう。かれらは、こわいもの見たさで、仕事をしているのではないか、と思ったりもする。

ぼくが、宇宙論や量子力学系の啓蒙書を、首をひねりながら、どうもちゃんとわかっていないようだぞ、と思いながら読むのは、やはり恐いもの見たさである。読めば読むほどこの世界は不可解ですごい、と思ってやめられないで来た。そしてもしこういう宇宙の描像が正しいのなら、ぼくなんてものはどうなったって、どうでもいい、という安らぎのようなものもおぼえる。少なくとも、そこには、ぼくにやさしく、あるいはきびしく目をかけてくれるようなものなどが存在するとは思えないからである。

超越者というものがいるとすれば、それはそのわれわれの宇宙創造をふくんだ不可視の巨大なメカニズムであって、しかもそれが、少なくとも、ぼくの目から見た感じでは、何かのために目的をもって働いている、とは、どうしても思いにくい。

それもぼくが矮小な、脳のヨワイ生物にすぎないので、理解が及ばないのかもしれない。でも、ぼくは、「どうせ目にかけてもらえませんよう」とひがんで、おそるおそる自分の感じている生死の場にすわりこんで、日々を送ろうと思う。もしかしたら、それでも慈悲の光を浴びているかもしれない。そうならぼくは、ゴーマンな存在ということになるが、そのとき、多分超越者は「そうか、よしよし」といって頭をなでてくれるだろう。そうであってくれる方が、もちろん、ぼくはありがたいし、うれしい。

＊武富士――かつて存在した消費者金融。ＣＭで有名だった。

解像度と段差

文芸誌「そして」に連載されたエッセイ

生物学者の福岡伸一さんの書くものにはいつも目を惹かれる。

たとえば、かれのいう〈動的平衡〉という概念である。生命体の定義としてかれはそれを導きだして来たのだが、生命体というのは確固なものというより、分子レベルで絶えず入れかわっている動的な平衡状態にあるシステム、という。人はしばらくすると全体が入れかわって別人になっている。しかし、その人は、一貫した性格を保持しているので、長いこと会わないで会っても、その人だということがわかる。

なるほど、ぼくはぼくの発展体、あるいは衰弱体であるといえるとしても、ぼくであることを疑っていない。失恋の痛みだって、大学をスベッた、がっかりだって、自分のこととかたく思っているが、物質的には全部入れかわった別人なのだ。〈動的平衡〉という状態で保たれているけれど、固定したものなんかではない。

ところが福岡さんは、桐野夏生さんとの対談「エッジエフェクト（界面作用）」（朝日新聞出版）のなかで、この概念について、こういういい方をしている。

「何も私が声を大にして言うまでもなく、すでに紀元前五世紀にはヘラクレイトスが『万物は流転する』と喝破していたわけですし、鴨長明も『方丈記』に『ゆく川の流れは絶えずして、しかももとの水にあらず』と記しているわけで、私の言葉はその言い直しに過ぎないのです。ただ、記述のための言葉の解像度が少しずつは高まっているというところに現代科学の矜持というのがわずかながらあるわけですよね。だから、昔の人と同じことを記述する場合でも、それをどういう文体で記述し直すかが肝心なのです。それは、科学が文学的な創造力を必要としている部分でもあるのだろうと思うのです」

たしかにその通りだと思う。偉大な言葉は古代にすべて発せられている。それにつけ加える何ものないのである。だからそれで終わってしまったっていいのだか、人間はどうもそれでは満足できない。それでさまざまな心のいとなみが続いたのだが、それは、より精密により正確にというコースをたどった。寄り道や迷い道もたくさんあったと思うが、つまるところそういうコースをたどった。

リチャード・ファインマンは、科学の進歩というものは、絶えざる誤りの訂正にある、というようなことをいっていた。ぼくらは、ニュートンの力学のすばらしさにずっと信頼をよせていたわけだが、そのすばらしい力学も、信じがたいことだが充分には正確ではなかった。すると、今、真理のようにして述べられている科学的知見も、すべて正確な認識に到達する過程にあるということになる。

福岡さんは、より正確な認識という意味で〈言葉の解像度〉という言葉を使われた。実際天文学などでは、観測機の解像度があがるにつれて、信じられないような事態が発見されている。もはや人間の脳の認識能力を越えてしまいそうな世界がひらけてきた。これからの諸科学は何を呈示してくれるのか、ぼくはできるだけ長生きして、みなさんのレポートを読みたい、と思う。

ところで、文学の場合だが、ぼくは怠け者なので、偉そうなことはとてもいえない。しかし、たとえば万葉集の諸作品などを読むときいつも感じることは、〈今ひとつぴったりこない〉という印象である。万葉集のことをわるくいったりすると先生に叱られそうだが、解説を読んで、ここではそういうふうに心が動いていたのか、とわかることもあるが、だからといってそれが自分とぴったり重なってわかる、というわけにいかないことがある。

古代の人は、その世界に生きていたのだし、その世界の風俗習慣のなかで行動していたのであるから、ぼくらとはちがう心の動きをする。言葉も違うように使われて来た。言葉を使う意識のありようもちがったと思う。

だから万葉集は、ぼくにとって遠方に、はるかに遠方にありつづけた。つまり、少なくともぼくにとって生きていく上でとても必要、というわけではなかった。

しかし、だからといって、もちろんつまらないといいすてるようなものではない。本当は当時、どういう気持ちで詠まれたのか、その歌人のなまなましい心のうちを知りたい、とのぞきこみたくなることもある。しかしそこには、あいまいな霧がかかっている。かがり火が燃えていることはわかるが、間にあいまいな、ぼんやりしたものがあってよくわからない。それは変化してしまった現代の人間の方のせいでもあろう。

ぼくが親しみを感じはじめるのは、新古今あたりからである。

しかし、いつの時代のものでも、書かれた言葉にはすぐに時の塵が降りつもるのはさけられない。とくに日本語は変化がはげしくて、明治の文学でも用字も文体も、一目でそれとわかる。これは明治の人間が書いたものだから、と思いながら読むこともある。

段差、という言葉も思いうかべる。ここに在る作品に入っていくとき、そのまま地つづきに歩いていけるか、それとも階段を上がるか、さがるかしてから相手にたどりつけるか、ということである。時の異なる場で書かれたか、ちがう場（外国）で書かれたか、時も場も異なる場で書かれたか、ということが多くの場合である。自分とは、まったくちがう個性を生きている人の場合もある。

段差があると読みにくくなる。万葉集の場合も、幾重の段差があって、ぼくを困らせている。段差を感じない文学もある。同じ時代に生まれている読者にとっては、あたりまえなものは省略した方が読みやすい。しかし、あとになると、それが段差になることもある。

段差があることは、いいことかわるいことかは、わからない。作品の評価になんて客観的な基準なんかない。切実だったら、段差をこえて入りこむ。もっと長生きしたらぼくにとって万葉集もそういうことになるかもしれない。

しかし段差は障害になる。ぼくには明治の文学でも、相当な段差をもっている。夏目漱石でもかなりやっかいだが、しかし、たとえば『それから』とか『門』などには、これが明治の文学か、と思うほど身近で切実な意識が流れているのを感じる。鷗外には冷静な正確がある。はいりこんでしまうと、すぐそばにすごい精神がいる、と感じる。

一方、田山花袋『蒲団』を貧しいとして、笑う人もいるようだが、あの幕切れを小説として書いた勇気というものを感じなければならない。あんなみっともない終わり方をした小説は、かれが初めてで、そのあと真似をしたってそれはすでに真似である。段差はここでは画然としてある。

下って志賀直哉だって、段差というものを考慮しなければならない。父親から金をもらって生活しているのに、その父親をやっつける小説が『和解』で、金をもらう父親がさっさと死んでしまっていたぼくには、そのところがどうもうまく納得しにくい。しかし、志賀さんの時代の志賀さんのような立場の人にとっては、そんなことは大したことではなかった。志賀さんの文学のすばらしさは、志賀さんの男らしい純粋な信念がつらぬかれているからで、それによってかれ自身が成り立っているからである。信念をもって生きる。他の時代の他者がそれを見てどう思うか、なんて、あえていえばどうでもいい。時と場で人は変わる。志賀さんが、志賀さんの主観において正直に生きているかどうかなのだ。

　はなしが少しずれてしまったようだ。文学は科学における認識とは少しちがって、いろいろなファクターで展開する。芸術でいえばバロックやロココといったように、ひとつの様式が支配的になって、それがある種の完成をむかえると次の様式に移る、というようなこともある。近代詩でいえば、文語詩がある完成をみせたのちに口語詩が発展する、というようなこともある。時代の趣味というものも影響してくる。科学だって錬金術だの占星術だのいろいろな展開があったが、それは本筋にとってやっただけの意味はあっただろう。文学のようにあいまいではないような気がする。

　だから、そう簡単にはいえないけれど、しかし福岡さんのいう〈言葉の解像度〉というものは、文学の歴史でもたしかにつらぬかれていると思う。時空のさまざまな段差を持ちながら、ときにはゆきつもどりつしながら、つまるところつづいている。

　ぼくは第二次世界大戦後のこどもとして育ったので、いきなり出会ったのが、いわゆる戦後文学だった。戦後文学というものは、それまでの日本近代文学の文体とはまるでちがう、或る意味乱暴で、破壊的な文体で書かれていた。そういう文体でなければ戦後の心的状況は書けない、というのが、かれらの気持ちだったと思う。

　ぼくは戦後の荒廃の中で育って、そういう文章をまともな文体だと思って読んでいた。今、この時点で読み直してみたら、かれらの作品の上にも時の塵が相当厚くかかっていると思う。

しかし当時のぼくは、戦後を自分がどう生きるかということで頭がいっぱいで、日本文学がどうなってこうなっているのか、なんてことは、実はどうでもよかった。これは、今なおそういう気持ちをもっていて、自分自身と自分自身の文学には大いに関心があるけれども、それと日本文学を研究的に読むということは別になると考えている。ぼくはいい小説を書きたいと思っているが、文学一般を研究する必要を感じていない。自分がそのとき関心のある文学を読んで糧にすることはあるけれども、それは文学一般ではない。

実際、戦後の引揚者の少年には、日本近代文学なんか、わからなかった。〈近代的自我〉と〈家〉の対立に特徴がある、なんていわれたって、ぼくは親戚の居候のこどもで、自分の家なんかぶっこわれてしまっていたから、そんな対立など、自分のこととしては何の関係も持ち得なかった。その、めちゃくちゃな戦後文学だって、実は幼いぼくにはよくわかったわけではないが、生きている空気が同じ、段差が同じだった。椎名麟三の『永遠なる序章』とか、田村泰次郎の『肉体の門』など、すぐ耳元で語られている気がした。

それが、ふと、空気が変わったかな、という気持ちになったのが、安岡章太郎の『悪い仲間』などの初期作品を友人から借りたときだった。それから、あとで気づいたのだが、それは、詩でいえば「荒地」のあとの谷川俊太郎の出現、そして「櫂」のメンバーの登場でもあった。

安岡章太郎や庄野潤三や吉行淳之介たち第三の新人は、戦中・戦後を生きていたけれども、文章は、ひとつうしろへとびこして、伝統的な日本近代文学の流れをひきついで、それを戦後の風土のなかで発展させていた、と思う。それは、ものを見るということにおいて、かれら自身の目をもとうとしたときに、時代のおちつきとともに自然におこったことではないか、と思う。

そのときの幼いぼくの違和感を忘れることが出来ない。ぼくはサムライのような志、というか、雑兵のような志というか、そういう戦後文学のあらあらしい文体に、本質的にはよくわかっていないはずの自分もまたいっしょに浮かれていた。それを悪いとも思わないし、戦後文学はまたちゃんと見直されなければ、とも思っているけれども。

だから大岡昇平の『俘虜記』のような冷静沈着な戦後文学は、戦後文学の文体ではなかったので、アタマの中では別枠として感嘆・感動していた。

もしかしたら、第三の新人のあとに出て来た「内向の世代」が、〈言葉の解像度〉をもっとも持ち得た文学世代になるかもしれない。

あつかっている外的問題のおどろおどろしさはないので、そういうニックネームをつけられているが、その分、精緻なレンズで物を見得ている。一番キメの細かい文章を書いているように思う。

こんなことを書きはじめたもうひとつの理由は、尾高修也『近代文学以後「内向の世代」から見た村上春樹』（作品社）を読んだからでもある。

尾高修也は、古井由吉や庄司薫などが若いころの仲間の作家で、いわゆる内向の世代に属する。〈近代文学以後〉というのは、ここでは内向の世代以降ということであり、村上春樹はその象徴ということである。

　当然のことながら、尾高は村上春樹に対して多くの違和感と疑問をもっている。たとえば、現況の総括として、まず、こういうことを書いている。

「そんな村上春樹の文学は、旧来の文学から切れたところで多くの読者を集めてきた。今回の『ＩＱ８４』の騒ぎは、だれの目にもそのことをいよいよはっきり見せるものになったと思われる。特に新聞が騒ぎを盛りあげたが、読売新聞文化部記者の尾崎真理子は『ＩＱ８４』の二年前の著書『現代日本の小説』で、村上以外にも近年の若手の新小説の流れをくわしくたどったうえでこう書いている。『いわゆる日本の近代小説は、大江健三郎が、そして『内向の世代』をはじめ、戦争の記憶を手放さずに肉筆で原稿用紙を埋め続けてきた世代がついにペンを置いた時、今度こそ本当に終わりを迎え、純文学というジャンルとそれに付属する制度も、あらたな組替えを余儀なくされるのではないか』」（「内向の世代」から見た村上春樹）

　その〈あらたな組替え〉の中身をかれは問題にしているわけであるが、このぼくの文章の流れのなかでかれの意見をいえば、それは〈言葉の解像度〉がおちている、といいかえてもいいのではないか、と思われる。本の帯にはこうある。〈文章の緩み　文学精神の甘え「心せよ、ハルキ！」〉このタタキは、尾高がいいたいことをやや誇張していっている、というぐらいで、ほぼ中身通り、といっていい。

　ぼくは村上春樹を沢山読んでいない。『風の歌を聴け』『世界の終りとハードボイルド・ワンダーランド』『海辺のカフカ』の三作だけであるから、正しい態度を決定することが出来ないのだが、『風の歌を聴け』が出て来たときは賞讃した。フィツジェラルドやカースン・マッカラーズといったアメリカ小説が頭に浮かんで来たが、新鮮な才能を感じ、この人は大いに売れる作家にはなれないだろうが、カチッとしたいい世界をつくっていくだろうと思った。まったく見当ちがいだったわけである。

次に『世界の終りとハードボイルド・ワンダーランド』を読んで、まったくちがう印象をうけた。『風の歌を聴け』には人の心というものへの強い関心を感じたのだが、今度の作品は、そういうものにかかわらないおはなしになっていた。才気はあるから読んでいけるのだが、なかに出てくる女の子などは、テレビの画像にちょっと出て、かわいぶるところだけを見せてひっこんでおしまい、というか、アニメーションのなかの女の子みたいなものだった。ぼくは、いぶかしく思った。『海辺のカフカ』についてもこれにつけくわえるものはない。

だからぼくが読んだ範囲でみて、尾高修也のいっていることに違和感はない。ぼくも旧世代に属しているからだろう。

もうひとつ、村上春樹がアメリカ的な文体であることが、世界中でベストセラーになる理由だ、と尾高が思っていることを、なるほどと思った。

「四十年近くたち、いまやアメリカ的なるものは『マクドナルド化』のことばのとおり、世界を浸透しつくしている。アメリカの高度消費社会でつくり出されるライティングのスタイルも、おそらく世界の読者のものになりつつある。英語の力でそれを自分のものとして書きはじめた村上春樹は、その意味できわめて大胆な『先駆者』であった」（読んでみた村上春樹）

おそらくは、村上春樹は、自分が書きたいと思った小説を、ただひたすら書いてみた、というのが発端だと思う。あとは時代と読者が、かれの進む道をきめたと思う。いざ発表されるとなると、時代と社会は、素朴な作者を、どこへもっていくかわからない。

グローバリゼーションにふさわしい文学。それは〈段差〉がない、ということだ。あらゆる国の読者にも〈段差〉がない、ということは、今の世界では英語的表現ということになる。英語文化が世界をおおっている。

しかしただちに万人に了解され理解されるようなものが大味になる、ということもまた、しかたのないことだろう。野球やサッカーの技術ではないのだから。技術は科学なのだから〈技術の解像度〉は上がっていける。

〈言葉の解像度〉の問題にもどるなら、これからがどうなるかだ。国境をこえジャンジャン読まれる文学。それはそれで大いに栄えたらいい。

しかし、それだけでおさまるとは、どうも思えない。読者がいるのかいないのか、それもわからないが、書きたいから書きつづける。そういう人々が必ずいて、書いている。そういうもののなかには、これはいままで書かれなかった〈言葉の解像度〉で書かれていて、これからの人間にはどうしても読んでもらわなくてはならない、というようなものがあるだろう。

これからの出版がどのようなことになっていくか、それもわからないが、極端なことを考えると原稿を借りてきて筆写してまわす、ということでも、表現の文化というものはつづいてきた。そうした流れのなかでも、もちろん、〈言葉の解像度〉がたかまっていくことは可能である。またかりに、五十年や百年、何もない暗黒時代になったって、どうということもない。人間は、もしそれが本当に必要なものだったら、かならず復活させ、いとなみをつづけるだろう。

録音音楽について

文芸誌「そして」に連載されたエッセイ

吉田秀和さんがなくなった。鎌倉の雪ノ下に住んでいらしたので、遠くからそのお姿を見かけたり、すれちがって頭を下げたりしていた。

音楽について、この人に教えられることが多かったし、中原中也の友人だし、生きている芸術史という気分もあったし、今の鎌倉の風景のなかでは、吉田さんの姿は昔の時間が浮き出しているように見えた。なにしろ、もうじき百歳になろう、という方だった。

河出文庫で、かれの生涯でのフルトヴェングラー関係の文章を集めた『フルトヴェングラー』が、去年の暮に出ていたのを買っていた。それを読んだので、今日は、その感想のようなものを書こうと思う。

吉田さんは、日本に多いレコード主義者ではなく、実際の演奏の補助・参考としてレコードを聞く、という立場をとっている。実際若い日に、フルトヴェングラーの死の直前といってもいい一九五四年のパリ公演を幾回も聞いていて、かれのフルトヴェングラー理解の核はそこにある。たとえば、その時、かれが聞いたベートーヴェンの「第九」は、一九五一年のバイロイトのままのメンバー（つまり祝祭管弦楽団・合唱団）で、これは最高の出来の第九だったといっている。

ところで、ぼくは一九五一年のバイロイトの「第九」のCDを二枚もっているが、一枚は拍手が入っていてライヴそのものであるが、もう一枚は、拍手なしである。高校生だった一九五四年に、わたしは静岡の網元のお宅だったコレクターのところにかけつけて輸入盤を聞かせてもらった記憶があるが、そのときは拍手なしだったというように記憶している。

当時はそれが最新の録音だったし、今でも歴史的名演といわれているもので、少年のわたしは感激して、さすがフルヴェンと思ったのだが、今聞きかえしてみると、たしかにフルヴェン躍如だがしかしそれほどものすごいものか、という気持もするし、どうも二つが同一録音であるような気もしない。とくに拍手が入っているほうはおや？　と思うようなところもあり、同一音源であるとしても、もしかしたらちがう録音なのかもしれない。

そういわれれば、バイロイトのレコードに関しては、そういうようなうわさもあったような気がする。

こういうことにも、吉田さんがレコードを重く見ない、ということの一因があるのかもしれない。そして今現在六十年以上も前の録音のこのレコードを聞いてみると、わたしが「第九」の熱狂ファンでないこともあるかもしれないが、これが非常にすぐれた演奏であることは確かだとしても、伝説的なこの盤にひたすら熱狂的に感動する、という体験は今はできなかった。一九五一年といえば、まだ戦争の傷が深くて、オーケストラも高いレベルを回復していないような気がするし、録音技術も一九四五年までの方が安定しているようにも（これは一般的だが）感じていたこともある。

それで一九五四年のパリ公演の「第九」を吉田さんは熱狂的に支持していて、これほどの演奏はない、というようなことをいわれている。五一年のバイロイトの時のメンバーそのままの三年後だから、そのあいだにかれらが腕をあげて、フルトヴェングラーは理想の「第九」をやれたのだろう、と今は思っている。

実際レコードを聞いていると、これは演奏家よりもプロデューサーの腕も考えなければいけない、と思うこともある。また逆に反対のこともあって、どうしてこんな片よった録音の演奏が、欠陥のある録音の演奏がCD化されているのだろうと思うこともある。

これも吉田さんが絶賛しているCDだが、アルチュール・グリュミオーが、一九五〇年代にクララ・ハスキルと入れている六曲のモーツアルトのヴァイオリン・ソナタ（デッカ）がある。これは、伴奏役のクララ・ハスキルのピアノがすばらしい、ということで、天下の名盤ということになっている。

ぼくはクララ・ハスキルのモーツアルトとともに音楽を聞いてきたような人間で、この人の気品があって控え目な演奏をすばらしい、と思って来ているものだが、このCDとは、長いことたたかった。

というのは、吉田さんもさきに指摘しているようにこのレコードは、バイオリンとピアノのバランスがわるくて、どこにマイクをおいたのだろう、と思う聞きにくさだったからだ。ぼくには、それが気になって、ハスキルの好さを見つけだして絶品だとするどころではなかった。最初四曲だけ入ったCDを聞いてそういう感じがしてならないまま、ほうってあったが、全六曲を収めた二枚組のCDが再発売されたので、気になっていたからそれを買って来て幾度か聞いた。バランスのわるさはやっぱり気になったが、今度は少し馴れていたのか、たしかにハスキルはいい、と思うことが出来た。しかしなんというキュークツなところで彼女を発見しなければならないのだろう。ハスキルではない他のものにもナゼそんなところにマイクを置いたのか？　と思うものもけっこうある。

クラシックであれ、ポピュラーであれ、どこの位置から音をとるのか、ということは、けっこう気になることが多い。どうしてヴォーカルが、バックに対してこれほどオフマイクになっているのか、と思ってイライラすることもある。そしてその意味がわかることもわからないこともある。

また、あとからストリングスをつけてしまうなどということはザラで、とくにポピュラーの場合は本当にCDは加工品である。これでは実際に舞台で演奏出来ないだろうというフクザツなものもある。「サージェント・ペパーズ・ロンリー・ハーツ・クラブ・バンド」など後期ビートルズなんてその最たるものである。それでもこのごろはどうかするとやってしまうこともあるというが。

ハスキルとグリュミオーのモーツアルトは二度と録音できないから、そのまま出すよりはないし、それで聞けばいい。しかし考えてみるまでもなく、演奏会の会場で今演奏されている音楽でも、どの席にすわるかで微妙にちがい、極端に言えば全員がちがう音楽を聞いていることになる。それでも、やはり「幾日に行われた音楽は」というので共有化されレコード演奏より親密な同時体験となる。生きた音楽が生きている人々にじかに伝わる、ということは、やはり基本である。音楽だって演劇だってそういうもので、舞台の役者さんたちが、しばしばその感動を語るのは、演劇の基本はじかに感動が同時に伝わることで、そういうことはテレビ・ドラマや映画や録画では起らない、ということを示している。

もっとも戦前のメンゲルベルク盤の「マタイ受難曲」には感動した聴衆のすすり泣きが入っていた。その時代の雰囲気が伝わってきた。グレン・グールドのバッハには演奏者のうなり声が入っている。それぞれ感慨があったり、おもしろかったりする。いずれも一回こっきりの、その時をふくんだ録音である。

はなしが外れてしまった。本当はフルトヴェングラーの第二次世界大戦中のあり方について、吉田さんが語っていることを、ぼくなりにつかみなおして考えてみよう、というのが、この文章を書こうとした動機だった。しかし、このごろ家にこもってCDで音楽を聞く、という時間が多いので、こんな感想に踏みこんでしまった。いうまでもなく音楽は会場へ行ってみんなといっしょに聴くものである。ぼくには今やそれがだんだんかなわなくなって来つつある。それでこんなことを書いてしまった。

（注）なお吉田さんの感想は、グリュミオー・ハスキル盤を当初LPのモノラルで聞かれたときのものらしい。CDになってからは少し感じがちがうようで、良いことは良いのだがどういうことだろうと思われている。CDはやはり情緒不足なのか。

二〇一四年二月

久しぶりに大雪が降った。今年の初春は、低気圧が太平洋岸に沿って北上していくという移動パターンに入ったようだ。これは、日本海岸側の冷気を山を越してすいよせてしまうのである。こういう年は大雪が降る。十年前の二〇〇四年にもこういうことがあって、ぼくは心臓手術のうちあわせのために、幾時間もかかって渋谷広尾から下町の三井記念病院にまで車で行ったが、豪雪のために本当に重苦しかった。

しかし、大雪がたびたび降る年あけは、早くから気流の動きが活発だということだから、春は早くめぐってくるはずである。これは楽しみだ。

ソチで行われた深夜のオリンピックを見すぎてすこしボーとしているかな、と思っているとき、『そして』の伏本和代さんから、次期雑誌の原稿の催促の電話が来た。「すこしのばしてくれたら書くよ」などといっているうちに、少し変な感じがして来た。言葉に力が入らないのである。やがて意識が変に軽くなって来た。どうしてなのかわからないのだが、おかしい。推量するに血液中の血糖値が減っているみたいである。注意してコントロールしているのだが、いつも不意に発作が来て、全身に寒くなって動きづらくなっている。

ぼくは受話器をおとした。そして測定器をもって来て血糖値を計ろうとした。しかし、おどろいたことに、いつもの穿刺では指先に血液の球が出てこない。幾度やってもダメである。ぼくはいそいで、ブドウ糖をしゃぶった。血中の糖が欠乏しすぎると、とてもこわいことになるからである。

それから血圧を計った。ところがおどろいたことに計ることができない。脈が微弱で、止まっているかと思われるほどほとんどふれてこないので、またおどろいた。

ぼくはあきれて、ぶどう糖のまずいやつをせっせと舐めて体をおちつかせた。こういうときは無力感と空腹感におそわれ全体がボーとしているから、とにかく無理にでも行動するのに限るのである。伏本さんには申しわけない思いをさせたが、許して下さい。

このところ寒気がつづいているが、おかげでぼくはいろいろと困っている。ブルックナーのシンフォニーと合唱曲を、すこしつっこんで聞いてみようと考えたりしているが、気づくと居ねむりをしていて、数十秒飛んでいたりしてどうもなさけない。老人の勉強は、それで天下を取ろうなどとは、ゆめ思っていないものだから、それでも許してやってほしいと思う。

身体は本当に思うようにならないのでおどろく。そのたびに人間の老いていくその過程を少しずつ知ることになる。ふつうわれわれは、年をとってもおとろえた部分を無意識のうちにカバーしていて生きているので、それに気づかないですんでいることもあるのだが、あっちこっちが決定的にこわれて来て、とうとう肉体がそれを支えるために必死で努力しているさまがあからさまに見えてくる。それがさらに大きく破綻したときに、認知症などというものがあらわれてくるのだろう。精神以上に肉体はいっしょうけんめい不具合を糊塗している。

ソチのオリンピックを、ご多分にもれず、深夜観戦をしていたので、試合が終わっても寝つけなくなった。そうすると今度は昼間がねむくてたまらない。いけない、と思って、夜には睡眠薬を飲むのだが、今度はこれがいっこうに利目がなく目がパッチリしていて、昼間になると今度はモーローとなってくる始末。

この概日リズムのひっくり返りをなんとか直そうと思って、目下がんばっているところである。人生、いろいろなことがあっておもしろいが、ただでも不自由な日常に、これ以上さわるようなことは困る。まだ早稲田の学生だったころ、最終の午後二時からの授業にまにあわなくなってあわてたことを思い出した。

しかし、昼間におきていて夜寝るなんていうまともなことは、そもそも健康な人間のすることで、晩期の人間がどういう生活の形になろうと、そこに独特かもしれない個性のありようのあらわれを感じてみるのもいいのではないかと思ったりする。少しずつ直そうと思いながら、夜昼ひっくり返っているこまった生活に身をゆだねている。いままで書いたことのないような、奇抜なファンタジーの長篇が生成してくるかもしれない。もしそんなことがあったらなかなかおもしろいのにと思っている。

先日の伏本さんの小説集『デパスな日々』はとてもおもしろかった。女が女をきちんと見るということを彼女はやっている。野心を感じた。

最近のこと、ひとつ

このごろ、そのときは思いがけないが、あとで考えてみるとけっこう深刻な体験をしている。そういう年齢のゾーンに入って来たのだと思うが、そう思ったからといって、どうにか出来るというものではない。

去年の五月のことだった。なんとなく変な感じだったのだが、はっきりしない。しかしどこか変である。

その日は日曜日だった。翌日の様子を見て決めようと思って寝た。ぼくの判断はそこでとぎれている。

気がついたのは三日ぐらい過ぎたあとである。ぼくは病院のベッドに寝ていて、娘がぼくをのぞいている。それは病院らしいが、ずいぶん高層の上の方で、窓からは外の建物は見えない。

「気がついたの。大変だったんだよ」

文芸誌「そして」に連載されたエッセイ

と娘がいう。ぼくはベッドに寝ているのだから、病気なのかもしれない。しかし、永い夢のなかにずっと埋まっていて、ぼくはまだそのなかにいるような気もする。目をとじるとまた夢のなかにもどりそうだ。

「あなた。朝起きたら、何だかわけのわからないことといっていて、変だったので、まわりのみなさんと相談して救急車を呼んで入院してもらったのよ。救急車の人が、「意識ダメ」といっていた。それで湘南鎌倉に入院したというわけ」

「ふーん」

ぼくはいった。なんだか眠くて、現実感がはっきりしない。そういわれているところを見ると病気なのか。

「おれ、変なのか」

「変だよ。まだ変で、しっかりしていないよ」

「何がわるいのかね」

「先生は尿路感染症だといっている」

「どうして?」

「どうしてって、全身に菌がまわっているのよ」

娘はいった。

「敗血症を起こしているんだって」

「ふーん」

　ぼくは呑気な声でいった。

「敗血症は、こどものころやったよ。まだ戦争前のことだった。まだペニシリンも抗生剤もない時代で、真赤な注射を打ったよ」

「とにかくお医者さまは、いっしょうけんめい、とり組んで下さっているわ。がんばらなけりゃだめよ。しっかりしなさい。あなたまだまだ変てこよ」

「そうかなあ」

　ぼくは、あまり深刻なものを感じないでいった。

「ねむてえなあ」

　ぼくはまた、目をとじてぼうっとなった。

　すると沢山の白衣を着た人々がやってきて、快くねむっているぼくを起こした。

「あなた、今日は何月何日ですか」

「さあ、よくわかりませんねえ」

　するとかれらは顔を見合わせてうなずきあった。それからいった。

「ここはどこですか」

「うん、それですが、どうも、病院に入院しているらしい。みたことがない風景なんですけれど、多分、湘南鎌倉病院じゃないかなあ」

かれらはまた、うなずきあったが、ぼくはあたっているかどうかわからなかった。

　ぼくは、もちろん正気でいたつもりだったけれど、ずいぶん妙な状態になっていたようだ。たとえば、ぼくは銀行に連絡して口座の残高を確認したりしたのだが、その残高を印刷した紙は、ぼくが確認し終わると、ぼう、と形が溶けて来て、消えてなくなってしまう。どうしてそんなことになるのか、まるでわからないのだけれど「そうか、こういうものは用済みになったらさっさと消えてしまう方がいいのだ。銀行はそのほうが安全だから、研究してこういう方式を発明したのだ。物質は不変というが、溶けるようになくしてしまうことだって出来るのだ」と一人合点してしきりに感心していた。

　そのころは客観的に見ると、病状は相当進行していたらしい。全身に菌がまわっている状態だが、実はぼくの心臓には金属の大動脈弁が入っている。金属は菌が繁殖する上で都合がいいから、菌はとりつくだろう。そうなれば、金属弁はとり出さなければならないが、はたして安全にとり出したり出来るものなのかどうか、医師たちは目下検討中だった。

　とんでもない状態にあったわけだが、当人は死の予感は感じていなかった。なんとなく生きているのが面倒くさいなあと思いながら幻想の中を次から次へと舞台を求めて走りまわっていた。ほとんどなんのつきあいもなかったはずのフランス文学者を追悼する食事会に出席したり。神奈川の財界のようなところへよばれて、ほめられたりしていい気分になったりしていた。そしてなぜか、ぼくの身体は、いつも、寝台自動車に乗ったままで、あちこち移動していて、ときどきこからか男の声が「さあ病院にもどりましょう」といってくれるのを「うるさいなあ」と思っていた。

あのまま死んでしまったら、それはそれでよかった。ぼくの父親も、発疹チフスの高熱で、意識をおかしくしたまま、死んでしまったのだが、多分、当人は、まだ死んでいない気持かも知れない。ぼくも急変した自分のことがまったくわかっていなくて、娘に救けられたのだから、ほっておかれたら、とつぜんブツッといって生が終わり、終わったこともわからなかった。親と同じになった。

どうもわが人生も、どうやらそういう綱わたりの段階にさしかかって来た。だからといってあわててもしかたがない。いずれなるようになるだけのことだから、そう思って日々を楽しんでいればいいのである。

それでわが尿路感染症のことだが、お医者さまたちのおかげでぐんぐん快方に向かって一か月ほどでなんとかなった。「生命力強いな」と先生にほめられたので、びっくりした。それで、ここは一命をとりとめたのだが、これから先は、当然ながらいろいろと怪しいものの姿が見える。しかし、旅は続いているから続けていくのである。

ぼくはターザン

テレビでタレントさんが、お料理を試食していていう言葉のひとつに「食べやすいですね」というのがある。おいしいとしかいうことが出来ない立場にあるわけだから、これもほめことばのひとつであろう。

飢餓時代に少年時代をすごしたものには、この言葉はあまりピンとこない。食べやすいことはたしかに今よきことなのであろう。ぼくもそれを無意識のうちによきこととして受けとめて生きているはずである。

しかし、ぼくは少年時代、食べにくいものもずいぶん食べて来た。コーリャンのお粥なんていうものは、見たところお汁粉のような色をしていて一見うまそうだったが、味はまったく似て非なるものであった。とくに馬糧用のコーリャンは、まったくお汁粉そっくりで、これが本当に砂糖入りのお汁粉だったらどんなにすばらしいかと思ったものである。実際、これを食うのは骨がおれたが、見まわしたところ、食べのこすやつなんか一人もいはしなかった。

戦後の日本政府の配給品でもっともまいったのは、生大豆の粉である。あれはどうやって食えばいいのか、未だにぼくはその方法を知らない。電極版二枚を使った簡易パン焼き器でずいぶんためしてみたが、生焼けの部分が出来て青臭くて食えたものではなかった。生大豆粉だからフライパンで炒ればキナコになるはずだ、とやってみたが、やっぱり青臭さが残って食えないのである。

「兄ちゃん、これ、まずくて食えねえ」

兄貴にそう訴えると、かれは激怒した。

「おれだってまずいんだ。文句いわずに食わねえと承知しねえぞ」

しかし、そういう兄貴の分もいっこうに減らないのだった。食物としての最大の難関として記憶に確固として残っている。あれはどうすればよかったのか。

たしかに食べやすい食いものと食べにくい食いものがある。しかし食べやすいものを身体のためになると思って食べてはいないこともあるし、食べにくいものを、しかし食っておいた方が絶対にいいと思って食べていることもある。食べにくいが、これはうまい、と思うことも、食べやすいがたよりないと思うこともある。

一昨年、ぼくは敗血症になった。ぼくの心臓にはわけあって堂々たる金属が入っているので、それに菌が付着すると大変である。いやもう付いてしまっていて手遅れらしい。

医師は、しっかりものを食って、栄養剤も飲めといった。ぼくは高熱におかされていてほとんどわけのわからない状態になっている。しかし、その医師の指示はかすかにとどいてきた。かれはボンボン抗生剤を打っていた。そして、おまえさんは手おくれだよ、せめてものをヒッシで食えといった。

しかしまったく食欲はなかった。病院の食事はレストランの食事とはちがうことはわかっていたが、それにしても意欲がまったくわかない。

強引に食べてみた。食べものとはとても思うことが出来ないものを必死で飲みこむのである。嘔吐したらしたまでのことだ。

こいつはそうとう苦しい作業だった。ぼくもこれは強引だ、どうなっちゃうかと思いながら口にはこんだ。すると、どうだろう、まるまる二日目に通便があったのである。

ぼくはものを食べる生物からほど遠い存在であると自分を意識していたが、ぼくは排泄したのである。

ぼくはとてもおどろいた。ぼくが意識しているのとウラハラに、消化機能はうごいていたのである。そうか。うごいているからには食べたっていいのだろう。

食欲は依然としてまったくなく、食べたい気持もまったくなかった。しかし、消化機能はうごいているのである。ぼくはそれをたよりに、のどへ食物をつっこみ、栄養ドリンクのでかいやつを一日に二本飲んだ。

一週間ほどすると医師は「すごいすごい、ぐんぐん数値がよくなっている。まだなんともいえないが、もしかすると胸の金属をとり出さないで済むかもしれないぞ。すごい生命力だ」といった。ぼくは「先生のおっしゃるとおり死ぬ気でたべているんです。こんなに食べものがまずいというのははじめてですが、死ぬのはいやで口の中につっこんでいます」といった。

それでぼくは全快した。いまでも信じられないが、嘔吐しないで通便したとき、そのシステムの動きだけを信じたからと思っている。

一方、ぼくは八十歳になって、ますます歯がわるくなっている。もともとぼくの歯を一番最初に破壊したのは、スルメだった。それ以来、次々に強者があらわれて、ぼくの歯はひどい目にあって現在まで来ている。しばしばおいしいものは、歯の強敵である。歯をこわしたんじゃあしかたがないが、歯はしっかり使った方が、脳のためにはいいことがあるという説もある。認知症にならないというのである。

それはともかく、〈歯ごたえ〉という言葉もある。われわれは食べやすいものばかりたべていては、アゴが細くなってしまって、野性味を失うかもしれない。ぼくはネアンデルタールの方に郷愁を持っている時代おくれの人間なのかもしれないが、たくましいアゴをもっている方が生きものとして可能性を感じてしまうのである。やっぱり野生の美少女、モーリン・オサリバンとつきあいたいターザン（ワイズミュラー）なのか。

これからの文学

出版界が、このところすこしづつ景気がわるくなっているという。ぼくが学校を出たときには、みんな就職したくてたまらない世界だった。いちばんよかったのは一九九〇年代で、そのころは年間に二兆七千万円ぐらい売りあげがあったというが、漸減して今は一兆五千万円ぐらいで、雑誌の方が単行本より元気がないという。

一方、パチンコ業界だが、その年間売り上げは二七兆円に達すると聞いた。パチンコは人間の欲望にダイレクトに結びついている根強さがあって、なるほどと感心する。ドストエフスキーはとても正直な人だった。ぼくは賭けごとはおそろしくて、足を踏み入れることができなかったが、それをいうのも情けなく思っている人間でもある。大王製紙の若社長のようにカジノに出入りした人間が味わった奥深い世界を、遂に味わわないで終わることだろう。

ぼくは出版界がそれなりに元気だった時代と出会えたので、それに依存して生きのびることが

出来た。ぼくの書くものは売れないものだから、だれか売れている作家のおかげでなりたってい
た。出版界だって利益をあげなくては成りたたない。これからはますますきびしい世界となる。
いわゆる純文学といわれるジャンルは、いままで、どうしてなりたっていたのか。日本の近代
文学のことを考えてみると、それは社会の近代化とシンクロしていたからだ、と一応いうことが
出来るだろう。たとえば〈白樺派〉などというものがあった。そこには、理想と神秘化があっ
た。

白樺のみなさんは、学習院出身者である。当時の日本では上流階級の人々がものを考え書く基
盤にあった。志賀直哉も武者小路実篤もそれぞれ自我の在り方の完成を、それぞれさぐった。そ
れはこれからの日本人の精神の理想的なありかたを示そうとしたものだったが、それは一般の民
衆にとってすぐれたお手本と受けとられた。かれらは自分に照らして忠実に生きたが、一般の
人々が、それを事実に即して受けとめていたとまではいいがたい。理想化と神秘化がそれに伴っ
てうけとられていたといえよう。

日本の近代文学は、中流階級以上の人々の現実の上になりたってきたと思う。そもそも文学と
はそういうものだ、といってもいいかもしれない。

ぼくが大学の文学部に進学したとき、同じような文学好きの高校生が、親にいわれたからと
いって、商学部や法学部に進路をとって道をわけたことがあった。そのときかれらは「文学など
やると食えないぞ。飢え死にするぞ」といわれていた。

たしかに文学などやると食えない。しかしそのときかれらの親がいっていたことは、文学をやられては、親の面倒などみられるわけがない、それは困る、ということであろう。

本当にわれらの先輩は、親の面倒を見るなどということからは程遠い人生を送っていた。自分にあくまでも正直に、率直な人生を送ろうと、志賀直哉は思って生きていたが、生涯のかなりの部分を親にたよって生きていた。そしてその親をやっつける作品を書いて作家になっていった。

中原中也など、親の財産を食いつぶしながら詩を書いていたし、萩原朔太郎も生涯親の財産で生きた。そういう文学者は枚挙にいとまがない。

かれらが人の眉をひそめさせるようなスキャンダルの主人公になって、文壇のドラマチックな世界を展開したことも、かれらが勘定のあわない人生を送る経済的余裕があった幼少年期を送っていたことと関係があると思う。一般の人々は、かれらの生きる、おもしろい世界をのぞき見する楽しみを味わった。

文壇はまた、次々に文豪をつくった。文豪は一層の神秘化のはたらきをした。文豪であるから、かれの常人とはちがう奇行も許された。

いわゆる純文学は、そういう神話や神々とともにあったといえる。たしかに文学は経済的な余裕の上に成立するものであり、そういう立場なくして出来る活動ではないと思う。それほどぜいたくなものの上に咲くものである。ぼくはそれを認める。文化とはそういうぜいたくなものである。

ぼくは父親のいない、引揚者の子として生きた。ぼくのやったことが何であるかは知らないが、ぼくはこの出版界で編集者であったり、書き手であったりして生きた。そこでもらった賃金や原稿料をたよって生きた。そして今八十一才である。こうして生きられたことに感謝している。しかしこれからの人々はそういう、たとえば短篇や中篇の連鎖で仕事をすることはもっとしずらくなるかもしれない。

たとえば「小説のありかた」はどういうことになるだろう。ひとつは、プルーストの『失われた時を求めて』のように、時間と費用をかけて、もしかすると生涯を一作にかけて紡がれるようになるかもしれない。そういう、大きな重量のある作品が、ドカンと出てくるか。その可能性はあると思う。

それはどう読まれるか。本当にことばになっているなら、それは必ず読まれるし、語られると思う。文学が多くの人々の関心のありどころである時代は、当面過ぎたと思う。この状態が一過性であるか、ずっとつづくのかはわからない。しかしいつの時代でも、ことばが通じる相手は多くはいなかった。そういう意味では何も変わりない。

身の上相談からはじまって

新聞の身の上相談の欄を愛読している。わたしが知らない、さまざまな人生があって、しばしば意表をつかれる。

最近では、義父母への仕送りについてのものがあった。

訴えているのは五十代の主婦で、夫が年六十万も義父母に送るので、自分の学費のかかるこどもたちのためにもなんとかならないか、というのである。

サラリーマンをやっていて月五万送るというのは確かにたいへんである。そういう実感はわかる。

だが、離れて暮らしている息子が、親に送金している、というのも、ふつうのことではないか。

もう成人している娘に、この身の上相談のはなしをすると、「おそらく、わたしらの高校の同級生は、まあだれも親には仕送りなんかしていないと思うよ」といった。ふうん。そうなのか。親は親で、自分の生活をやっていくぐらいの経済力が今やある、ということだな。ならばこどもはこどもで、自分の生活をしっかり自立してやっていけばそれでいい。昔の親子の依存関係は長かったのだが、今は〈子別れ〉の時代で、親も子も、子が自立した瞬間に解放される。今はそういう時代なのだ。

人生案内の出ている紙面の上の記事に、「老後の安心を理由に住宅購入を決めた未婚女性が4割近くおり、未婚男性の約2割を大きく上回る」とあった。そのうち将来的に家族を持ちたいと思っている男性は10％だが、女性はわずか２％しかいない。

おそらく本来女性は、住宅なんかは結婚相手がなんとかしてくれると思っているはずだから、自分で買う、というのはとても決心のいることだったろうと思う。家族を持ちたいという女性が２％しかいない、というのも、そうか、そうなんだ、と考えさせられる。

小学生の女の子に将来なにになりたい、と訊くと「お嫁さん！」と答えるのが、昔はふつうだった。人生の出発点においては、今もそれは変わらないと思う。

しかし、現実には恋愛も結婚も、無傷ではすまない濃厚な行為である。男だって女だって大変なのだ。

もしかしたらヒトは、できたら最小単位で暮らしたいと思っているのではないかしら。それで生きていけるとしたら、現実的にはその方がいいのかも。

最小単位で生活するということは、われらの心にとってどういうことか。心は本来、いつも他者を求めるものではないか。たとえば言葉はそのために発達した。

少年時代、わたしは中国東北から引揚げてきた。団体をつくって列車に乗り、船に乗って帰って来た。すべて大きな一つの団体行動で、リーダーのいうことをきいて一斉にうごいた。そうしなければ生還はおぼつかないと感じていたからだ。

ときには一か所に幾日か、とどまる日々もあった。とくに輸送船の暗い船艙で二週間ほど生活したとき、人々は家族ごとに、もっているリュックサックをまわりにつみあげて自分たちの圏をつくった。そこは、家族以外の他者が入れないなわばりである。

東日本大震災の際の避難先の小学校の体育館や講堂においても、たちまち家族ごとのなわばりが形成されて、わたしは「引揚げのときと全く同じだ！」と叫んだ。

どちらの場合でも人々は、今は力をあわせなければ、この難局を乗りこえることはできない、ということをしっかり知っていた。

引揚船のなかでは、家族という小単位と、梯団という大単位が併存して機能していた。どちらも必須のもので、リュックサックで守られた狭い空間のなかでは、自分たちだけが持ちこんで来た食物を家族だけでわけあって食べ、決して他者にはわたさなかった。

しかし耳は敏感に外の動向を聴きもらすまいとした。明日の朝食は珍しく米飯が提供される、というと、コーリャンのお粥の病人食をとっているものの場合でも、「米飯に切りかえた方がいいぞ」というような情報がたちまち伝わっていった。「発疹チフスの病人が出たらしい」などという負の情報も早く伝わった。そうなると検疫期間が二週間ぐらい延び、上陸日が遅れるからである。

言葉はおたがいの運命のために、切実なもので、みんなが私有するのではなく、伝えあった。そこでは切実な共有があった。おそらく東日本大震災でも同様だった。

こどものころ、他人のお宅へあがりこむということがしばしばあった。世の中がよくなるにつれて人々はだんだん他人の家を訪問しなくなっていると感じられる。孤立していてもやっていけるなら、その方が望ましい。

不幸なものは、多く動き、多くしゃべるが幸福なものは、だまっていて充足している。幸福なものは「わたしは幸福です」といわない。わざわざわたしは幸福ですという人もいるが、その人はしばしば、自分を真に幸福だとは思っていない。

しかし、人はそもそも真に幸福になどなれるものだろうか。それは、人間存在それ自体という深く面倒な問いをはじめとするもろもろの根源的な諸問題を、適当なところで回避しなければ成立しない。

だから今「書く」「書きたい」という人は、これらのしつこい諸問題から逃げ出すことの不可能な者ということになろう。問いは執拗に追いかけてくる。それにいろいろ対応して反応するよりない者である。

今「書く人」が機能していくためには、その時の切実な今日の必要よりもはるかに本質的で深い段階の言葉を必要としている。その言葉が発せられ、それをたしかに受けとめられたと思えるとき、ここに伝達すべき相手がいると感じ、心が激するのを感じるだろう。そして、さらなる深い言葉を求めるだろう。

随筆文学の衰退について

文芸誌「そして」に連載されたエッセイ

文章にはいろいろあるけれど、なんとなく自然に書かれるものがあるはずである。そもそも、文章というものは、そういう風に発生したものといってもいいかもしれない。「枕草子」などに書かれていることは、どうでもいいようなことに発しており、だからおもしろいともいえるのである。

寺田寅彦が、朝のスチームのあたたまり方なんか書いた文章など、わたしは愛読したが、まあどうでもいいといえばどうでもいいようなものである。随筆文学などというものは、そうした無目的ともいうべき自然発生で書かれた。だからすぐれたものはとてもおもしろく、くりかえしくりかえし愛読して止むことが出来ない。

しかし、随筆文学の要求は現在では、ほとんどすたれたといっていいだろう。雑文は、新聞、雑誌にのるけれど、たいていは、なにかの社会的目的のために書かれている。新刊の書評とか、社会状況の分析であるとか、何か今日的な意図をもっているものばかりで、一見、なぜ書いたかわからないようなものはまずのらない。昨日のお天気のはなしや庭に咲いた花のはなしなど、なかなか読めなくなっているように思われる。

作家らしい文章といえば、読売新聞の黒井千次さんの老年のエッセイの連載を、実質のこもった作家らしい率直な重みがあってわたしは愛読しているが、これとて社会の要請があって書かれているものであろう。

黒井さんは書きたいことだけを書いているわけではないのである。

身辺雑記というものを作家は書きつづけてきて、それはそれとして読者は愛して来た。まとまってくると、とくに主題の統一はなくても、それは一冊の本として刊行されたし、読者はそれをよろこんで楽しんだ。たとえば志賀直哉の文学など、そういうものも作品としてみとめられて来た。

今や、目的明らかな文章の時代である。エッセーといえば、人生の指南をする、まことにいいかげんなスローガンの本ばかりが、手にとられて読まれている。人は人生に余裕を失っているように思われる。

そもそも人生なんて、いい年をして人に指南してもらうものだろうか。人は自由に生きればいいので、他人の人生は横目でながめて、おもしろそうなことだけとりいれればいいのである。そして他人の人生も自分はそれなりに楽しめばいいのである。

現代の人々は、実に実用が好きだ。人に教えてもらうのが好きだ。「君たちはどう生きるか」[(注)]は名著で、こどものころわたしは読んで感動した体験がある。しかし、こんなに売れるとどうもおかしいことだと感じる。そんなに沢山の人が、この本と出会うとも思われないからだ。

それはともかく、ほとんど無意味で、しかし見方によってはそこに書き手の世界観や思想や哲学がにじみ出ているような随筆をもっと大切にしたい。人はそんなことどうでもよくなっているのかもしれないが、わたしは大切な宝を失って平気でいるように感じられる。

（注）昭和十二年　吉野源三郎作　百万部突破のベストセラー

【解説】三木卓の世界

小谷野 敦

前にも書いたことがあるが、私が三木卓の世界と出会ったのは高校三年の夏ごろで、ふと、小学校へ入る前に『子ども部屋』という、母が買っていた雑誌に載っていた童話を思い出したことによる。そんなもの、普通は国会図書館へでも行かなければ探し出せないはずなのに、私は不思議に、当時学校が終わってから通っていた代々木ゼミナールの書籍売り場で、その「ほうきぼしのつかい」が載っている講談社文庫の『七まいの葉』という三木卓の童話集を直感的に見つけていたのである。

その少し前に、倫理の目良誠二郎という先生が、三木さんの中編『震える舌』という、子供が破傷風に罹る私小説の話をしてくれて、それがちょうど野村芳太郎監督によって映画化されたところだったのが、私の三木卓熱に拍車をかけ、私は『砲撃のあとで』『ミッドワイフの家』をはじめとする作品を読み漁り、映画も観に行った。なおこの娘さん—真帆さんが破傷風になったのは、一九七〇年のことで、私が交通事故に遭ったのと同じ年で、今から思えばその事実から映画になるまで十年しかたっていないのだった。なお原作で、病気から回復してまだ入院している娘に、母親が「ウルスリの絵本買ってあげる」と言うのだが、この「ウルスリ」というのが分からなくて、インターネット時代になってから国会図書館OPACで検索して、スイスのゼリーナ・ヘンツという作家が描いた絵本であることが分かった。もっとも、一九七三年の刊行なので、七〇年に存在したかは疑わしい。映画ではここを「ドラえもんの本」に変えてあった。

私が一番好きだった小説は、『ミッドワイフの家』に入っていた「炎に追われて」で、のちアンソロジー『童貞小説集』（ちくま文庫）に入れたこともある。二十代になって自分が童貞であることに苦しむ（というか、セックスの相手がいないことに苦しむ）青年の話で、そういう小説はほかには当時見当たらなかった。三木さんにあとで聞いたら、やっぱり、そういう小説がないから書いた、ということだった。『野いばらの衣』に描かれているように、三木さんは小児マヒの後遺症で片足が悪く、若いころあまり女性にもてないといった経験もあったのだろう。

三木さんは、本名を富田三樹といい、「ミキ」を筆名の姓にした珍しい例である。東京出身だが、幼いころに満州に渡り、そこで敗戦を迎えている。この満州での少年時代を描いたのが、芥川賞を受賞した「鶸（ひわ）」で、それを収めたのが『砲撃のあとで』である。幼くして父親を亡くし、親戚の家に預けられて、戦後は静岡で育ち、県立静岡高校に学んだ。三木さんのお別れの会でスピーチをした高校の後輩にあたる村松友視も静岡育ちで、中学でも高校でも、五年上に富田という文学的才能のある人がいたと先生から聞かされたと言っていた。

そして早稲田の露文科に進み、五木寛之などと一緒になり、学生運動にも首を突っ込み、六全協決定に衝撃を受ける、と当時読んだ年譜に書いてあった。六全協決定というのは、日本共産党が、暴力革命の意図を否定したもので、柴田翔の『されどわれらが日々——』という、やはり芥川賞をとった中編は、六全協決定以後の学生のうつろな気分を描いたものだという。私は長いこと、なんでそれがそんなに衝撃的なのか分からずにいたが、あとになって三木さんの文章で、実は最初、暴力革命という方針を知って恐怖を感じたと書いてあり、なんだやっぱり怖かったのかと思った。もしかすると六全協決定に衝撃を受けたというのは、当時の仲間の手前書いたのだったかもしれない。

それで三木さんは、政治的なことは自分に向いていないと考えて、以後政治的なことは言わないようにしたという。早大を出て、河出書房新社に勤務して編集者になり、そのかたわら、詩を書いた。「東京午前三時」でH氏賞を受賞したのだが、それがフランク永井の歌の題名であることを、やはり村松友視のスピーチで初めて知った。当時、思潮社の現代詩文庫から出ていた『三木卓詩集』も買って読んだが、ビートルズが日本へ来た時に書いた詩の「リンゴオはスタア　スタアキング!」というのを覚えている。

「しらべにきたよ」という詩があるが、それは生まれる前の子供が、自分がどんな両親のもとに生まれるのか調べに来るという、童話風の、だがある意味、芥川龍之介の「河童」の逆を行くような発想の詩だった。三木さんの編集者生活は、当時流行していた世界文学全集をセールスマンとして売りに回ったりするもので、まるで冷蔵庫を売るみたいなやり方だと言っていたが、それを辞めてから、詩人や純文学作家では生計が成り立たないため、三木さんは売れる児童文学の翻訳を始めた。その中でも生計をよく支えてくれたのが、アーノルド・ローベルの『ふたりはいっしょ』などのシリーズで、「がまくんとかえるくん」が出てくるやつだ。

その一方、『母の友』の編集者の勧めで、六〇年代後半に、いくつもの童話や文章を書き、『子ども部屋』にも書いた。そのうち七編を集めたのが『七まいの葉』で、三木さんはそのほかにもSF児童文学の『ほろびた国の旅』『星のカンタータ』などを精力的に書いている。本書に収めたエッセイにもあるように、宇宙への関心が深かったようだ。

子供が生まれるということは、両親がセックスした結果であり、子供というのは性と密接に結びついているのに、世間ではそれについて関係ないふりをしている。三木さんの世界では、子供と性が隣り合わせになっていて、そこに独特のものを感じるのだ。

三木さんの夫人は、詩人の福井桂子として知られる人で、若いころ結婚し、三木さんより先に亡くなった。エキセントリックで変わった人だったことは、長編私小説『K』に書いてあり、これは話題になったが、不思議なことがある。一九八〇年の映画『震える舌』では、三木さんに当たる父親を渡瀬恒彦、母親を十朱幸代が演じている。三木さん、ずいぶん美化されたもんだな、とちょっと笑えるが、ここでの十朱幸代が、何だか変な感じのする人で、『K』を読むと、福井桂子さんはこういう人だったんじゃないかと思えてくる。もちろんその当時、三木さんは夫人を普通に描いているが、野村芳太郎が自分の取材で夫人をこんな風に造形したんだろうか、と思ってしまう。

ところで、私は三木さんには会ったことがない。自著を贈ったり贈られたりはしていたし、ハガキのやりとりもしていたが、機縁がなかった。三木さんが亡くなったあと、作家の佐伯一麦(かずみ)が追悼文を書いていて、若いころ編集者の紹介で三木さんを訪ねて、酒を飲んだということを書いていた（『群像』二〇二四年二月）。私は酒が飲めないので、これはまあ、会うのはちょっと難しかったかな、と思ったりもした。

その代わり、毎月『かまくら春秋』が送られてくるので、そこに載っている三木さんの「鎌倉その日その日」を読んで、三木さんが最近何をしているか、知ることができた。忘れられないのは、二〇一八年の七月号に載っていた「いじめ雑感」である。三木さんは「学校は楽園ではない。教育にそういう幻想をいだいて、それを教育者におしつける人もいるが、ジャングルを生きる動物たちの世界である」「そもそも世の中は、社会はいじめの跳梁(ちょうりょう)する場である。学校でしっかりその状況を学んで世の中へ出ていく術を身につけることが大切である」と言い、自殺者が出ると学校としてはいじめっ子も守らなければならないから、「いじめはなかった」というような結論が出る、と言い、「また学校は「政治」でもある。ことは平穏におさめなければならない。本質論だけやっているわけにはいかない」「人生はあらっぽい。みんな孤独に生きる。天国のような学校も、職場もない」と結んでいた。いじめについて論じる人は色々いるが、これほどズバリと事実を適示した文章を、私はほかに知らない。

三木さんの毎月のエッセイは、スポーツ関係のことが書いてあることもあり、私はあまりスポーツに興味がないのでそこは飛ばしていたのだが、七十、八十を過ぎて「老翁」と名のる三木さんの、人生の終わりをめぐっての覚悟のようなものが感じられて、勇気づけられるものだった。本書に収めた晩年の短編も、私小説が多く、そこには決して文章の形で老年の悟りのようなことは書いてないのだが、文章のある種の軽やかさに、五十八歳で心筋梗塞になり、『生還の記』を書いた三木さんの、生老病死に関する思いのようなものが伝わってくる、大変みごとなものだと感じた。

表題作にした「ヌートリア」は、娘さんの富田真帆さんを描いたもので、つまり、あの『震える舌』のモデルである。福井桂子さんが亡くなったあとは真帆さんが三木さんの面倒を見ていたので、最後のほうは真帆さんとの生活が中心になり、そこで現れたのが奇妙なヌートリアと、その娘だと自称する真帆さんで、このヌートリアは「来訪した者」にもちょっと出てくる。

ところで、政治的なことは言わないことにしている三木さんだが、本書所収の「来訪した者」の中に、「アメリカがウクライナにさらに武器を供与するといっている」と書いてあり、私はちょっと驚いた。ロシヤ寄りの言い方で、三木さんは最後の短編で、往年のロシヤ文学を学んだ青年に戻っていたのだろうか、と思った。

最後に置いたエッセイは、『そして』という同人誌に、二〇〇四年から二〇一九年まで、毎年一編書かれたものだ。『そして』の編集委員は、昔文學界新人賞を受賞した伏本和代さん（一九四七―）だったので、文中に伏本さんの名前が出てくる。これは『かまくら春秋』と違って文学にウェイトを置いた書き方になっていて、文学や、音楽の話が出てくる。私は音楽について、誰それの演奏がいいとかこの録音がいいとかいう話には興味がないので、これについては何も言うまい。

ところでここで三木さんは、野間宏や中村真一郎、大岡昇平といった戦後派作家、安岡章太郎や吉行淳之介といった「第三の新人」、内向の世代、それから村上春樹に触れているが、同年の大江健三郎についてどう考えていたのか、私は多分読んだことがない。なお尾高修也（しゅうや）に触れて村上春樹について「タタキ」という言葉が出てくるが、これは「批判」という意味ではなく、編集者用語で、帯に使う「タタキ文句」というような意味であるらしい。

年譜

一九三五年（昭和一〇年）

本名冨田三樹。五月一三日、東京市淀橋区淀橋に生まれた。父武夫、母てるはともに静岡県出身。五歳の長兄鷹介、四歳の次兄隆（たかし）がいた。父は雑誌『良友』や『駿遠豆』の編集者として働くかたわら、森竹夫のペンネームで『学校』などアナーキズム系の詩誌に詩を書き、伊藤信吉や北川冬彦、福富菁児らと「新詩人会」を結成した。

一九三六年（昭和一一年）一歳

七月、鷹介が粟粒結核で亡くなった。

一九三七年（昭和一二年）二歳

福富菁児の誘いで父が満鉄の社員会報『協和』の編集係に転職したので、一家で大連市に移住した。

一九三八年（昭和一三年）三歳

腸チフスにかかり、大連市の避病院に入院した。

一九三九年（昭和一四年）四歳

小児麻痺にかかり、左足首に後遺症が残った。以後、中耳炎から敗血症を起こしたり、ジフテリアにかかるなど大病を繰り返した。

一九四二年（昭和一七年）七歳

四月、大連市立伏見小学校に入学した。病弱なため当初は養護学級にいれられた。この頃、静岡から母方の祖父常吉と祖母ふくがやって来て同居を始めた。

一九四三年（昭和一八年）八歳

父が満州日日新聞社に転職したため奉天市に転居し、北陵在満国民学校に転校した。

一九四五年（昭和二〇年）一〇歳

父が本社編集兼文化部長に就任したため新京に転

居し、五月に八島在満国民学校に転校した。八月、広島原爆投下のニュースを耳にして衝撃を受けた。ソ連軍の進攻が始まり子ども心にも死を覚悟した。九月、桜木町の満鉄社宅の空家に転居した。

一九四六年（昭和二一年）一一歳

三月、北満難民救済事業に従事していた父が、難民の間で流行していた発疹チフスに感染して亡くなった。兄とともに街頭でタバコなどを売って働いた。八月、引揚列車に乗り、一〇月に博多に上陸したが、途中で祖母ふくが亡くなった。静岡にもどり母の異父姉大木ぎん方に身を寄せた。静岡市立安東小学校に転入した。

一九四八年（昭和二三年）一三歳

三月、安東小学校を卒業した。四月、静岡市立城内中学校に入学した。教員の松浦竹夫や島村民蔵らから指導を受けた。静岡市緑町に転居した。

一九四九年（昭和二四年）一四歳

一月、静岡市八幡鷹之道の市営住宅に転居した。母が小学校教員になったが、引揚者の母子家庭の生活は苦しくアルバイトで母を支えた。中学時代は、生物に強い興味を抱く一方で文学への関心も深めた。戦後文学を濫読し、評論や創作を始めた。校友会誌などに「吉屋信子論」や引揚体験を描いた小説「疲れ果てたる人々」などを発表した。

一九五一年（昭和二六年）一六歳

三月、城内中学校を卒業した。四月、静岡県立静岡城内高等学校（のちに静岡高等学校と改称）に入学した。社会科学研究部に入部し、夏に静岡県田方郡函南村で実施した丹那盆地の農村実態調査に参加した。

一九五二年（昭和二七年）一七歳

社会科学研究部をやめ文芸部に入部し、伊藤聚(あつむ)や小長谷清実(こながやきよみ)らと中心メンバーとして活躍した。文芸部誌『塔』に発表した「ジェリコォの筏にて」を静岡大学の高杉一郎に評価され、その指導を受けた。

一九五三年（昭和二八年）一八歳
小説「この露地の暗き涯を」を『塔』に発表した。
一九五四年（昭和二九年）一九歳
三月、静岡高校を卒業した。東京大学を受験するが失敗して浪人生活を送った。
一九五五年（昭和三〇年）二〇歳
四月、早稲田大学第一文学部露文学専修に入学した。目黒区柿ノ木坂に下宿した。この頃、日本共産党第六回全国協議会の決定にショックを受けた。
一九五六年（昭和三一年）二一歳
三月、祖父常吉が亡くなった。露文科上級生の川崎彰彦、五木寛之、佐々木篁らの『文学組織』に参加した。砂川闘争に参加した。
一九五七年（昭和三二年）二二歳
北多摩郡国立町東区へ転居し兄と暮らし始めた。詩を書きはじめ、難波律郎、大岡信ら「『今日』の会」の人々を知った。『未開』の同人となり、「支度のときに」を発表した。
一九五八年（昭和三三年）二三歳
二月、『現代詩』に同誌の新人賞に入選した「白昼の劇」が掲載された。同月、木山捷平や伊藤信吉ら父の友人たちが神田で開いた「森竹夫を偲ぶ会」に出席した。七月、「現代詩の会」結成に参加した。
一九五九年（昭和三四年）二四歳
三月、早稲田大学を卒業した。四月、同大大学院露文学専攻修士課程に進んだ。伊藤聚、小長谷清実の紹介で、『氾』の同人になった。「新日本文学会」に入会し、伊豆太朗、高良留美子らと『詩組織』を創刊した。業界誌を経て、『日本読書新聞』編集部に勤めた。
一九六〇年（昭和三五年）二五歳
三月、授業料未納で大学院を除籍された。五月、『詩組織』に参加していた福井桂子と結婚した。八月、杉並区下高井戸四丁目へ転居した。一二月、

『現代詩』に、「母親殺しの詩学―長谷川龍生論」を発表した。

一九六二年（昭和三七年）二七歳

一月、杉並区方南町へ転居した。

一九六三年（昭和三八年）二八歳

一一月、『新日本文学』に、評論「非現実小説の陥穽―安部公房の砂の女をめぐって」を発表した。

一九六四年（昭和三九年）二九歳

一月、『現代詩』の「現代詩時評」（～五月）を担当した。一〇月、長女真帆が生まれた。一二月、伊藤信吉の協力を得て兄窿とともに父の遺稿詩集『保護職工』（風媒社）を編集し刊行した。

一九六五年（昭和四〇年）三〇歳

一月、『新日本文学』の「同人雑誌評」（～三月）を担当した。三月、高杉一郎の尽力で静岡で『保護職工』の出版記念会が開かれた。七月、『日本読書新聞』の編集部を退職した。一一月、久保覚と『太陽』一二月号の特集「在日朝鮮人」の編集をした。

一九六六年（昭和四一年）三一歳

二月、河出書房新社に勤め、『世界文学全集』の編集を担当した。五月、『ことばの宇宙』に「星雲の声」（～六七年七月）、七月、『社会新報』に詩「百物誌」（～一二月）の連載を開始した。一二月、思潮社から第一詩集『東京午前三時』を刊行した。

一九六七年（昭和四二年）三二歳

三月、『東京午前三時』で第一七回H氏賞を受賞した。八月から『母の友』に『七まいの葉』に収められる童話を断続的に発表した。

一九六八年（昭和四三年）三三歳

五月、江東区亀戸へ転居した。七月、河出書房新社を退社した。一〇月、『子ども部屋』に「ほうきぼしのつかい」を発表した。

一九六九年（昭和四四年）三四歳

五月、盛光社から『ほろびた国の旅』、『時間の国のおじさん』を、八月、理論社から『星のカンタータ』(「星雲の声」改題)、一二月、あかね書房からカターエフ作の『ななつのおねがい』の翻訳を刊行した。

一九七〇年(昭和四五年)三五歳

二月、真帆が破傷風にかかり危険な状態に陥ったが、命をとりとめた。四月、法政大学第一教養学部の非常勤講師となり、七三年九月まで勤めた。九月、思潮社から詩集『わがキディ・ランド』、一〇月、河出書房新社よりエレンブルグ著『トラストDE』を小笠原豊樹との共訳で刊行した。

一九七一年(昭和四六年)三六歳

一月、『わがキディ・ランド』で第一回高見順賞を受賞した。五月、『すばる』に「砲撃のあとで」を発表した。同月、晶文社から『詩の言葉・詩の時代』を刊行した。九月、思潮社から『三木卓詩集』を刊行した。一〇月、『文學界』に評論「魂の共有への欲望――長田弘の詩」、一一月、『新日本文学』に「日が墜ちた後」、一二月、『辺境』に「流れのほとり」を発表した。

一九七二年(昭和四七年)三七歳

三月、『すばる』に「曠野で」、七月、『群像』に「ミッドワイフの家」、『新日本文学』に「夜遊ぶ者」、一二月、『すばる』に「鶸(ひわ)」、『文學界』に「少年たちの夜」、『婦人之友』に「植民者たち」を発表した。

一九七三年(昭和四八年)三八歳

一月、『群像』に「炎に追われて」を発表した。同月、「ミッドワイフの家」が第六八回芥川賞の候補となった。三月、『文藝』に「巣のなかで」を発表した。五月、講談社から『ミッドワイフの家』、六月、思潮社から詩集『子宮』を刊行した。同月、『文學界』に「われらアジアの子」を発表した。七月、「鶸」で第六九回芥川賞を受賞した。同月、集英社から『砲撃のあとで』を刊行した。八月、文藝春秋から『われらアジアの子』を刊行した。九月、『文學界』に「治療」、『すばる』に「酒宴」、一一月、『群像』に「五月二十三日・夜」を発表した。

一九七四年（昭和四九年）三九歳

三月、『新潮』に「胸、くるしくて」を発表した。四月、『文芸展望』に「ときどき　悲鳴が…」を発表した。同月、『ｎｏｎ・ｎｏ』に連作短編「はるかな町」（〜七五年四月）、六月、『群像』にエッセイ「東京微視的歩行」（〜七五年五月）の連載を開始した。一一月、長編小説「震える舌」を『文藝』に発表した。

一九七五年（昭和五〇年）四〇歳

一月、河出書房新社から『震える舌』を刊行した。同月、『文學界』に「蛸蛉の日」、五月、『新潮』に「犬と争う」を発表し、六月、集英社から『はるかな町』を刊行した。七月、『文芸展望』に「魔に擽られて」を発表した。八月、『東京新聞』にエッセイ「火と会う」（七日〜一一月六日）を連載した。九月、『野性時代』に「兆の日々」、一〇月、『文學界』に「絹子と和彦」を発表した。同月、筑摩書房から評論集『言葉のする仕事』を刊行した。一一月、『海』に「傷」、一二月、『すばる』に「住居」を発表した。

一九七六年（昭和五一年）四一歳

一月、『季刊藝術』に「肖像画」、『文藝』に「治癒の夕方」を発表した。三月、文藝春秋から『胸、くるしくて』を刊行した。

一九七七年（昭和五二年）四二歳

一月、『展望』に長編小説「かれらが走りぬけた日」（〜一〇月）の連載を開始した。三月、鎌倉市岡本に転居した。仕事場も善福寺川近くから岡本に移した。この年、講談社児童文学新人賞の選考委員となり、八七年まで務めた。

一九七八年（昭和五三年）四三歳

一月、『文体』に評論「牧野信一論」を発表した。四月、『野性時代』に「橋」、『文芸展望』に

「絵」、五月、『文体』に「蛾」、『世界』に「逢いびき」、七月、『海』に「熱」、一〇月、『文藝』に「転居」、一二月、『すばる』に「胡桃」を発表した。

一九七九年（昭和五四年）四四歳

二月、『すばる』に「人形」、三月、長編小説「野いばらの衣」を『群像』に発表した。四月、『母の友』に「おおやさんはねこ」（～八〇年九月）の連載を開始した。七月、『季刊藝術』に「水」を発表した。同月、『東京新聞』のコラム「放射線」（～一二月）を担当した。

一九八〇年（昭和五五年）四五歳

二月、文和書房からエッセイ集『降りたことのない駅』を刊行した。四月、『すばる』に「雨戸」、六月、『すばる』に「箱」を発表した。八月、大連・瀋陽・ハルビンなど中国東北部を約二週間旅行した。九月、集英社から『胡桃』を刊行した。

一一月、『震える舌』（松竹映画・野村芳太郎監督・十朱幸代・渡瀬恒彦主演）が映画化された。

一九八一年（昭和五六年）四六歳

一月、『文學界』に「自転車」、八月、『すばる』に「電池」、一〇月、『群像』に「鯛」、一一月、『すばる』に「鍵」を発表した。一二月、れんが書房新社から『三木卓詩集 1957-1980』、新潮社から安野光雅との共著『らんぷと水鉄砲』を刊行した。この年は六月と一〇月に沖縄を旅行した。

一九八二年（昭和五七年）四七歳

二月、『海燕』に「布」、三月、『すばる』に「丘」を発表した。同月、横須賀市芦名に仕事場を移した。六月、『草月』に連作短編「花式図」（～八五年四月）の連載を開始した。七月、『婦人之友』に「ころぶはおへた」（～八三年一二月）の連載を開始した。一一月、『海燕』に「隣室」を発表した。

一九八三年（昭和五八年）四八歳

一月、『群像』に連作短編「海辺で」（～一一月）

を断続的に連載した。二月、『文學界』に「帽子」を発表した。六月、『すばる』に「馭者の秋」（〜八四年一二月）の連載を開始した。八月、『海燕』に「舌」を発表した。九月、筑摩書房から『ぽたぽた』を刊行した。この年、小学館文学賞の選考委員となり、九四年まで務めた。

一九八四年（昭和五九年）四九歳

一月、『海』に「鎧戸」、二月、『海燕』に「燻蒸」を発表した。五月、『飛ぶ教室』に連作短編「遠い日」（〜八六年二月）の連載を開始した。六月、『海燕』に「薬」を発表した。一一月、『ぽたぽた』で第二二回野間児童文芸賞を受賞した。

一九八五年（昭和六〇年）五〇歳

一月、『海燕』に「風呂」を発表した。同月、高見順賞の選考委員となった。四月、文京大学女子短期大学部文芸科の非常勤講師となり、八九年三月まで勤めた。五月、『文藝』に「富久」、九月、『群像』に「浮世床」を発表した。同月、母てるの自伝『命のかぎり』を自費出版し、同書に「読み終わった方々へ」を書いた。

一九八六年（昭和六一年）五一歳

二月、『季刊文藝』（春季号）に「茗荷宿」を発表した。三月、『海燕』の「文芸時評」（〜八月）を担当した。五月、『三田文学』に「小言念仏」を発表した。七月、『馭者の秋』で第一四回平林たい子文学賞を受賞した。一〇月、『群像』に「転宅」を発表した。

一九八七年（昭和六二年）五二歳

一月、『文學界』に「夢の酒」を発表した。同月、『読売新聞』の書評委員となり、八八年一二月まで担当した。七月、『すばる』に「あの年のさざめき」を発表した。八月、大連・北京に旅行した。一二月、『文學界』に「寿限夢」を発表した。

一九八八年（昭和六三年）五三歳

二月、『季刊文藝』（春季号）に「寝床」を、『すばる』に「移りゆく新緑の午後」を発表した。五月、沖縄本島・石垣島を旅行した。六月、『すばる』に「欲望が告げる海図」を発表した。八月、文藝春秋から『小噺集』を刊行した。一〇月、『すばる』に「エレベーター」、一一月、『季刊文藝』（冬季号）に長編「惑星の午後に吹く風」を発表した。同月、『マフィン』に「あなたの動物園」（〜九一年四月）の連載を開始した。一二月、『すばる』に「獣達の小さな夜明け」を発表した。この年、野間児童文芸賞の選考委員となった。

一九八九年 五四歳

一月、『日経新聞』のコラム「プロムナード」（〜六月）の金曜日担当となった。二月、『小噺集』で昭和六三年度芸術選奨文部大臣賞を受賞した。三月、集英社から『仔熊座の男』を刊行した。同月、『文學界』に「竹箒」、七月、「稲荷」、八月、『すばる』に「傘」を発表した。

一九九〇年 五五歳

一月、『群像』に「隣家」、二月、『三田文学』に「笛」を発表した。四月、群像新人文学賞の選考委員となり、九三年まで務めた。五月、『海燕』に「月蝕の道」、九月、『文學界』に「目」、一〇月、『群像』に「路」を発表した。

一九九一年 五六歳

一月、『すばる』に「ロープ」、『海燕』に「夫婦」を発表した。四月、創設された椋鳩十児童文学賞の選考委員となった。五月、『文藝』に「羚羊」を発表した。一一月、『海燕』に「野鹿のわたる吊橋」（〜九二年五月）の連載を開始した。一二月、『早稲田文学』に「声」を発表した。同月、『読売新聞』の書評欄「ヤングアダルト」（〜九三年三月）を担当した。この年、『湘南文学』の編集委員となった。

一九九二年 五七歳

三月、『群像』に「坂の途中の家」を発表した。八月、母てるが亡くなった。同月、『季刊文藝』（秋季号）に「応援」を発表した。一〇月、『飛ぶ教室』に「祭りの夜」、一二月、『中央公論文芸特集』に「月の裏側」を発表した。この年、小熊秀雄賞の選考委員となり、九六年まで務めた。

一九九三年　五八歳

一月、『海燕』に「坂」、二月、『文學界』に「手紙」、四月、『群像』に「口髭」、五月、『海燕』に「球」、七月、『すばる』に「シャンプー」を発表した。同月、井上ひさしらと交代で『読売新聞』の連載書評エッセイ「本の森の散策」（～九四年一二月）を担当した。一二月、『中央公論文芸特集』に「男」を発表した。

一九九四年　五九歳

一月、『海燕』に「やさしい」を発表した。同月、外出先で心筋梗塞を起こして日赤医療センターに緊急入院し、三月に冠状動脈のバイパス手術をうけた。退院後、仕事場を鎌倉市雪ノ下に移した。七月、『すばる』にエッセイ「緊急入院記」を発表した。九月、『かまくら春秋』に「鎌倉その日その日」の連載を開始した。

一九九五年　六〇歳

一月、『群像』に「鎌倉」（～九七年一月）の連載を開始した。三月、河出書房新社から闘病記『生還の記』を刊行した。四月、『飛ぶ教室』に「若枝」を発表した。六月、『すばる』に「戦争」、一〇月、『野性時代』に「深夜のフリースロー」を発表した。一二月、理論社から『イヌのヒロシ』を刊行した。

一九九六年　六一歳

五月、『すばる』に「裸足と貝殻」（～九八年一〇月）の連載を開始した。

一九九七年　六二歳

一月、『文學界』に「父の夢」を発表した。三月、『イヌのヒロシ』で第一九回山本有三記念路傍の石文学賞を受賞した。同月、創設された伊豆文学賞の選考委員となった。同月、『早稲田文学』に「わがショスタコーヴィチ」を発表した。

四月、すばる文学賞の選考委員となった。五月、『すばる』に日野啓三との対談「記憶する身体、飛翔する意識」を発表した。同月、講談社から『路地』（「鎌倉」改題）を刊行した。八月、「路地」で第三三回谷崎潤一郎賞を受賞した。

一九九八年　六三歳

一月、『短歌研究』に「なお存在するという気配―白秋を思う」を発表した。六月、奄美大島、徳之島を旅行した。八月、『図書』に「わが青春の詩人たち」（～二〇〇一年七月）の連載を開始した。一一月、『新潮』に「黐って考える人」を発表した。

一九九九年　六四歳

一月、『群像』に「錬金術師の帽子」（～二〇〇〇年一二月）の連載を開始した。三月、『現代詩手帖』に高橋順子・新藤凉子と連詩「蓬萊山のイコン」（～二〇〇〇年九月）の連載を開始した。五月、集英社から『裸足と貝殻』を刊行した。同月、『青春と読書』に川村湊との対談「こどもの見た終戦直後の世界」を発表した。六月、『すばる』に富岡幸一郎によるインタビュー「祖国との出会い、世界との出会い」を発表した。九月、河出書房新社から『理想の人生』を刊行した。一一月、紫綬褒章を受章した。

二〇〇〇年　六五歳

二月、『裸足と貝殻』で第五一回読売文学賞を受賞した。同月、大日本図書から『三木卓童話作品集』全五巻を刊行した。

二〇〇一年　六六歳

一月、『短歌研究』に「北原白秋」（～〇四年八月）の連載を開始した。六月、講談社から『錬金術師の帽子』を刊行した。七月、『すばる』に「柴笛と地図」（～〇三年一二月）の連載を開始した。八月、思潮社から高橋順子・新藤凉子と連詩集『百八つものがたり』（「蓬萊山のイコン」改題）を刊行した。一〇月、小学館から『When

『I'm 64』を刊行した。同月、鎌倉ペンクラブの復活に井上ひさし、安西篤子らと尽力し、設立総会で会長に就任した。

二〇〇二年 六七歳

一月、『群像』に「耳」を発表した。二月、岩波書店から『わが青春の詩人たち』、かまくら春秋社から『鎌倉日記』を刊行した。六月、静岡県と中国浙江省の友好提携二〇周年を祝って創設された日中友好児童文学賞の選考委員となった。八月、『群像』に「指」を発表した。九月、小学館児童出版文化賞の選考委員となった。

二〇〇三年 六八歳

五月、『群像』に「膝」、一〇月、『群像』に「肌」を発表した。

二〇〇四年 六九歳

三月、『群像』に「眼」、五月、『国文学解釈と鑑賞』に「欲望の力学」、七月、『群像』に「咽喉」を発表した。同月、大幅な加筆修正をして『柴笛と地図』を集英社から刊行した。一一月、『群像』に「血」を発表した。同月、『白秋青春詩歌集』を編み講談社から刊行した。この年から同人誌『そして』（そして企画）に毎年一回、エッセイを掲載（一九年まで）

二〇〇五年 七〇歳

一月、『短歌研究』に「読み取るということ—『北原白秋』の連載を終わって」を、二月、『群像』に「歯」を発表した。三月、筑摩書房から『北原白秋』を刊行した。同書で一一月に第四三回藤村記念歴程賞、一二月に第九回蓮如賞、〇六年一月に第四七回毎日芸術賞を受賞した。四月、『飛ぶ教室』に「あいさつ」を発表した。同月、『読売新聞』夕刊「ＫＯＤＯＭＯ」欄で「三木卓さんと詩を読もう」（〜〇六年三月）の連載を開始した。五月、兄翟（七四歳）を失う。

二〇〇六年 七一歳

四月、かまくら春秋社から『鎌倉日記Ⅱ』を刊行した。六月、『飛ぶ教室』に「熊さがしてんけん隊長」を発表した。一〇月、静岡市立中央図書館で「三木卓の世界」展（会期一〇月一五日〜一二月一五日）が開催された。

二〇〇七年　七二歳

六月、日本藝術院賞ならびに恩賜賞を受賞した。七月、既刊のエッセイ集から蝶と蛾にまつわる作品を集め『蝶の小径』を幻戯書房から刊行した。九月、五年間闘病を続けてきた妻桂子が亡くなった。一二月、日本藝術院会員に選ばれた。

二〇〇八年　七三歳

四月、「三木卓さんと詩を読もう」を一冊にまとめた『詩の玉手箱』をいそっぷ社より刊行した。同月、『読売新聞』夕刊こども欄の「愛書探訪」（〜〇九年三月）を月に一度担当した。

二〇〇九年　七四歳

四月、早稲田大学芸術功労者の称号を受けた。七月、『飛ぶ教室』に「灰いろの縞猫」を発表した。同月、講談社から『ほろびた国の旅』が復刻出版された。八月、『群像』に発表したエッセイに「胸」を加え『懐かしき友への手紙』として河出書房新社から刊行した。

二〇一〇年　七五歳

二月、冬花社から『雪の下の夢―わが文学的妄想録』（ふぉとん叢書）を刊行した。七月、『飛ぶ教室』の「童話2010」に「ネコもたいへん」を発表した。同月、『すばる』で陣野俊史（としふみ）の「『その後』の戦争小説論13―三木卓氏との対話」で引揚者の体験を描いた三作品について語った。一〇月、長編童話『イトウくん』を福音館書店より単行本で刊行した。

二〇一一年　七六歳

四月、春の叙勲で旭日中綬章を受章した。七月、『飛ぶ教室』の「創作特集2011物語の悦び」に「こうすい」を発表した。

二〇一二年　七七歳

二月、長編小説「K」を『群像』に発表、五月、講談社から単行本を刊行した。九月、心臓の大動脈弁治療のため、TAVI手術をうけた。一二月、『群像』に「咳」を発表した。

二〇一三年　七八歳

一月、『中央公論』に川本三郎との対談「残された者の身の処し方　亡き妻を書くということ」を発表した。五月、『K』で第二四回伊藤整文学賞を受賞した。八月、『群像』の特集「個人的な詩集」に「感覚の熟度」と題して発表した。

二〇一四年　七九歳

一月、『群像』に「夏、そして冬」を発表した。

二月、河出書房新社から『私の方丈記』を刊行した。三月、『文學界』の「芥川賞作家エッセイ特集」に「幸福感について」を発表した。五月、人工弁感染性心内膜炎にかかる。一〇月、『飛ぶ教室』に「3」を発表した。

二〇一五年　八〇歳

八月に理論社から刊行された『わたしが子どものころ戦争があった　児童文学者が語る現代史』（野上暁編）に「『ほろびた国』での少年時代」と題するインタビューが収録された。

二〇一七年　八二歳

一月、『文學界』に「寝台自動車」を発表した。

二〇一八年　八三歳

二月、『文學界』に「ヌートリア」を発表した。

二〇二〇年　八五歳

一月、『文學界』に「病室」を発表した。

二〇二三年　八八歳

二月、『群像』に「来訪した者」を発表した。

一一月一八日、自宅で死去する。

（若杉美智子編に小谷野敦加筆）

【初出一覧】

ヌートリア	「文學界」2017年1月
来訪したもの	「群像」2023年2月
咳	「群像」2012年12月
夏、そして冬	「群像」2014年1月
幸福感について	「文學界」2014年3月
寝台自動車	「文學界」2017年1月
病室	「文學界」2020年1月
*	
辻章さんのこと	「群像」2018年5月
小田さんありがとう	「ユリイカ」2023年2月
*	
異性の目	「そして」2004年11月
ハッピーエンド	「そして」2005年11月
わが土台	「そして」2006年11月
小説を書きだした頃のことから	「そして」2007年11月
文学者の認められかた	「そして」2008年11月
ああ、ジョン・レノン	「そして」2009年11月
八公の神さま	「そして」2010年11月
解像度と段差	「そして」2011年11月
録音音楽について	「そして」2012年11月
二〇一四年二月	「そして」2014年 3月
最近のこと、ひとつ	「そして」2015年 3月
ぼくはターザン	「そして」2016年 3月
これからの文学	「そして」2017年 4月
身の上相談からはじまって	「そして」2018年 3月
随筆文学の衰退について	「そして」2019年 5月

三木卓（みき　たく）
1935 年、東京に生まれる。2 歳時に父の仕事の関係で大連に移住。以後、46 年まで満州各地で過ごし、引揚げ後、静岡市で育つ。早稲田大学文学部露文科を卒業後、日本読書新聞、河出書房新社で編集者として働く。在学中より詩を書き始め、67 年、『東京午前三時』でH氏賞を、71 年、高見順賞を受賞。72 年ごろから文芸誌に小説を発表。並行して児童文学の創作や翻訳の分野でも活動する。73 年、「鶸」で芥川賞受賞。84 年、『ぽたぽた』で野間児童文芸賞受賞。86 年、『馭者の秋』で平林たい子賞、89 年、『小噺集』で芸術選奨文部大臣賞、97 年、『路地』で谷崎潤一郎賞、2000 年、『裸足と貝殻』で読売文学賞、また評伝『北原白秋』で 05 年、藤村記念歴程賞、蓮如賞、および 06 年、毎日芸術賞、そして 13 年、『K』で伊藤整文学賞をそれぞれ受賞する。23 年、死去。享年 88 歳。

*

小谷野敦（こやの　あつし）
1962 年、茨城県に生まれる。東京大学文学部英文科卒業、同大学院比較文学比較文化専攻博士課程修了。学術博士。2002 年、『聖母のいない国』でサントリー学芸賞を受賞。評論・随筆では 1999 年刊でベストセラーとなった『もてない男』をはじめ、『〈男の恋〉の文学史』『江戸幻想批判』『恋愛の昭和史』『谷崎潤一郎伝――堂々たる人生』『川端康成伝――双面の人』『江藤淳と大江健三郎』など著書多数。小説では 10 年「母子寮前」で、15 年「ヌエのいた家」で芥川賞候補となる。（両作とも同名で書籍化）ほか小説集として『悲望』『童貞放浪記』『東十条の女』が、また最新刊として、自伝『あっちゃん――ある幼年時代』がある。

三木卓　単行本未収録作品集
ヌートリア

2024年10月20日　印刷
2024年10月25日　発行

著 者　三木卓

編 者　小谷野敦

発行人　大槻慎二
発行所　株式会社 田畑書店
〒130-0025　東京都墨田区千歳 2-13-4　跳豊ビル 301
tel 03-6272-5718　fax 03-6659-6506
装幀・本文組版　田畑書店デザイン室
印刷・製本　中央精版印刷株式会社

ISBN978-4-8038-0449-2 C0093
定価はカバーに表示してあります
落丁・乱丁本はお取り替えいたします